浮萍之恋

江琼芳 著

江西高校出版社
JIANGXI UNIVERSITIES AND COLLEGES PRESS

图书在版编目(CIP)数据

浮萍之恋/江琼芳著. --南昌:江西高校出版社,
2021.8（2022.2重印）

ISBN 978 - 7 - 5762 - 1721 - 6

Ⅰ.①浮… Ⅱ.①江… Ⅲ.①长篇小说—中
国—当代 Ⅳ.①I247.5

中国版本图书馆 CIP 数据核字(2021)第 153455 号

出 版 发 行	江西高校出版社
社　　　　址	江西省南昌市洪都北大道 96 号
总 编 室 电 话	(0791)88504319
销 售 电 话	(0791)88522516
网　　　　址	www.juacp.com
印　　　　刷	天津画中画印刷有限公司
经　　　　销	全国新华书店
开　　　　本	700mm×1000mm　1/16
印　　　　张	10
字　　　　数	150 千字
版　　　　次	2021 年 8 月第 1 版
	2022 年 2 月第 2 次印刷
书　　　　号	ISBN 978 - 7 - 5762 - 1721 - 6
定　　　　价	58.00 元

赣版权登字 -07 -2021 -970

目录
Contents

第一章　新洋赴北京

　　杨柳随着微风缓缓地飘荡着,粼粼清波在湛蓝的湖面轻轻起舞,孔子的铜像向着渺渺天际宠辱不惊地微笑。高高的梧桐树像穿上了一双双灰白色的靴子,其实是抹上了防虫蛀的石灰浆,据说也能御寒。一个瘦弱而苍白的身影蹲在梧桐树旁,一阵细小而压抑的啜泣声传来,惊飞了湖上的数对鸳鸯。

　　"明天你会来看我吗?"她小心翼翼地问。

　　"什么?工作太忙,抽不出身!这是我们恋爱七年来你第六次没有陪我过情人节!"那孱弱的身影猛地站立起来,握着手机的手剧烈地抖动着。

　　"我……你,什么忍受不了就分开?七年,你知道吗?我全心全意爱你七年,我人生中最美好、最灿烂的七年,为了你,因为你,我错过了多少男人?如今,你说忍受不了就分开?"她失控地吼叫着。

　　电话那端的挂机声传来,她捂着胸口,又蹲了下去,对着飘浮的云朵叹息。

　　那杨柳像墨鱼的触须张牙舞爪地迎风挥动。

　　她突然瞧着刚进这所大学校园时那不及腰的铁树已长到了她一样高。"七年,这原本很难长高的树都这般高了。可为什么我的爱情之树不但不开花结果,却枯萎死亡呢?"

　　她捂着胸口,缓缓地前行着,杨梅林密密匝匝地如卫兵般站立。"妞儿,瞧着,我把这颗最好的杨梅拍下来!"他一边说着,一边脱下脚底的拖鞋,腾空一跃。那硕大而有些许鲜红的杨梅就如同糨糊一般黏在他的拖鞋底。她走过去扒下那杨梅渣子,顺势就往他脸上抹去,"你吃,你吃"。那相拥打闹的景象恍如昨日,而刚才那个骤然挂断她电话的仿佛是别人。

　　她迎着春风落着泪,捂着隐隐作痛的胸口,喉咙里像被棉絮堵着,那发着烫的棉絮团一根丝一根丝地黏在咽喉。咽,咽不下;扯,扯不出。晚风让她眯缝的泪眼看不清前方的路。

　　她静静地倚靠在白玉栏杆上,想要笑看人生却蹙紧着双眉。她恍惚觉得那杨柳、那梧桐、那铁树、那铜像、那断桥，到处都烙下了他的笑脸。她挥了挥手，又揉了揉眉头，仿佛要驱走他的身影，揉平已有的伤痕。

她突然很想逃离，像被困笼的百灵，想畅游在空旷的荒野。她有一个高飞的梦想，想要展翅翱翔。"从此远远地离了这个男人吧！"她重重地哀叹。

经过商店，她鬼使神差地买了一瓶杨梅酒。夜清冷寂寞，她环抱着双手，拥抱着自己寒透了的身子。"美酒一醉解千愁，与尔同销万古愁！"她一边说着，一边对着窄小的瓶口把那浸泡杨梅的二两白酒灌入愁肠中。她只感觉全身发烫，像一股暖流温暖了整个身子。这股暖流并不让她觉得头脑失去理智，只是像着了魔一般冲动以及勇敢。逃离这片生活了七年的校园的冲动像种入血液中的蛊，撕咬着她。她收拾完行李，跌跌撞撞地朝火车站奔去。

两旁的树木飞快地往后跃去，新洋从晨曦中醒来，远处朦朦胧胧的树影晃得她双眼发涩发胀。皮肤里仿佛有一万只蛆在蠕动，她撩开脖子上的围巾，整个脖颈像被烈日暴晒过一样，红得似喷射出的炙热火焰。对面椅子上坐着的一个中年男子见状像避瘟神一样远远地躲开了。

于是她便旁若无人地挠起痒来，越挠越痒，越痒越挠，一路挠着难忍的奇痒到达目的地——北京。

新洋在北京大学附近的一家学生公寓里住下来。这种公寓通常都是北漂学生的聚集地，入住的人群都是追梦的青年。在一个六人间的公寓宿舍里，住了怀着博士梦的考博女、怀着硕士梦的考研女、怀着服装艺术设计梦的设计女、怀着与读研男友厮守终生的爱情女，还有一个人就是她自己，怀着作家梦的新洋，她梦想自己的作品在她死后都能流传。

考博女秀丽来自内蒙古大草原，人如其名，清秀而美丽。新洋没有找到工作，等待着周末招聘会的到来，每天便和秀丽一起去北京大学教学楼蹭自习室。北京大学是一所十分友善的学校，许多自习室主要是非北京大学本校学生在自习，而学校依然开放暖气。外校学生蹭自习室主要是在老房子里，而本校学生自习一般去新房子，没有人约定，但是大家都这样。老房子是那种红墙红瓦的古代风格建筑，新房子是灰墙灰瓦为主的现代风格建筑。北京大学食堂的饭菜好吃，还不贵，也对外开放。在新洋饿得前胸贴着后背的时候，是食堂里的美餐让她没有挨饿。

人们说,北京是一个极度排外的城市,然而,北京大学对爱读书的人却是极度宽容的。

去上晚自习的路上,新洋和秀丽去北京大学便民超市买了张大饼,又在路旁的酱肉摊那儿买了块肉。

"要切开成一片一片的吗?"酱肉摊主问她们。

"不。"她俩不约而同地回答。

于是,她们每人一手拿着大饼,一手拿着整块肉,边走边吃起来。

"哈哈哈哈。"秀丽笑了起来。

"怎么了?"

"新洋,我一直以为你很矫情,你竟然也可以一口口地撕着肉块,夹着大饼边走边吃!"

"我怎么就矫情了呢!"新洋很困惑地看着秀丽,"我是从小在农村长大,没有受过什么教养的乡下女娃娃!"说这话的时候,她忘记了自己上大学的时候选修了"社交与礼仪"的课程,连吃西餐的时候,用哪种勺子都记得一清二楚。

"哈哈,哈哈!"秀丽笑了起来,"你来北京还真能吃得了苦啊!"

"这点苦,怕什么? 再多的苦,我都不怕!"

"你为什么不怕苦? 你怎么想来北京找工作呢?"

"我也不知道为什么来北京。"新洋停了下来,"那你为什么来北京考博呢?"

"我的导师支持我来考北京大学的博士。他认为,我应该继续走学术道路,并且有能力考上北京大学的博士。我以访问学者身份来北京进修一年就是他写介绍信推荐的。这里的导师他也是认识的。所以,我就来了。"秀丽坦然地说。

在这样的时代里,她不会上 QQ,也不会用 E-Mail。除了读书,她几乎什么都不会。哪怕回家,回到内蒙古,她父母亲都会派她弟弟来接。

"来北京,就感觉自己以前学到的知识还远远不够,我就像菜园里的牛,啃完青菜叶,啃萝卜叶!"秀丽沮丧地说,"即将到来的博士生招生考试,我一点儿信心都没有,我花了太多时间啃其他知识去了。"

新洋刚写完硕士研究生的论文,秀丽也是。但是新洋在为修改论文找资料时,秀丽正在备战博士考试。新洋很羡慕秀丽的条件,那几乎算得上是天时、地利、人和兼备。

"你都读些什么书呀?"新洋问。

"我什么书都读,我的专业是思想政治教育,但是读了许多哲学、历史、宗教之类的书,反而没有把时间花在思想政治教育上!"

"其实,思想政治教育需要了解历史、宗教和哲学,你读的这些书从长远看来,是有利于你的专业的。不过,博士研究生考试几乎是一种命题考试,这类题外的内容估计是很难考到的。"新洋替秀丽分析了她目前的读书情况。

"你平时读哪些书? 你的专业是中国语言文学?"

"我应该多读些中国的文学作品和文学理论著作,但是,我通常不读活着的人写的书。中国的书籍出版量太大了,文学类也读不过来。我选书的标准就是,如果作者死了,这部作品仍在发行,那么时间证明了它的价值,我就去读。"

"你这样选书不是逼得那些活着写书的人没法靠写书吃饭!"

"好书就是不指望靠写作吃饭的人才能写得出来。"

"那你考虑过自己写书吗?"秀丽问道。

"当然,我手头就有一本已经写好的,也希望它能得见天日,而不是压在书箱底下。你想过写书出版吗?"

"每一个爱读书的人,都渴望自己的书能出版吧! 只是我还没有动手写!"

"希望有一天,我们都能实现梦想。"

"哈哈哈",北京大学校园的巷道里留下了两个自鸣得意的人天真爽朗的笑声。

秀丽风雨无阻地去自习室,而新洋是三天打鱼、两天晒网。不去上自习的时候,新洋就和爱情女一起去附近的夜市吃路边的排档。爱情女和新洋是老乡,叫金霞。金霞为了大学时的男友放弃在南方的工作,陪伴在这个寒冷的北方城市读研的男友。

"我们吃砂锅粉吧? 好长时间没有吃南方的米粉了!"金霞拉着新洋的手说道。

"嗯,好吧!"新洋口里应承着答应,心里想着:我还没有吃够南方的米粉吗?

金霞到北京一年多了,对家乡充满了思念,她一边吃着米粉条,一边说:"告诉你一个在北京找工作的秘诀,北京人最看重的就是能稳定下来做事的人。我现在工作的那家单位老板面试的时候问我为什么来北京工作,我就直接回答说,为了男朋友,为了爱情。他反问我,假如和男朋友分手了,爱情不在了呢?我马上回答说,绝对不会发生那样的事情,我对我男朋友有信心,我也对我有信心,我们的感情很稳定。结果,那单位就录用了我。我也一直工作到现在,快两年了。"

新洋叹了口气说:"我最烦待在同一个地方,做同一件事情。来北京找工作之前,我既想过找一家出版社做文字校对,又想过进一家电影公司做文案策划,有时候又想捡起老本行,去当老师!说实在的,现在我心里没底,也不知道能不能找到工作!"

"对了,我想起来了。"金霞略带开心地说,"我来北京这家单位之前曾去过一家数字化技术研究中心,那里的老板很和善。那家研究中心是整理古籍和民国报纸的,我可以把负责招聘的人的联系方式给你,你去参加面试。"

"真的?你说的这家研究中心,我听说过,是很著名的一家研究中心,对我的专业提升有好处。如果我能进去工作的话,到时候一定请你去吃大餐!"

金霞联系好了面试事宜,新洋就兴冲冲地去参加面试了。那家研究中心位于高档写字楼的十六楼,新洋乘着缓缓上升的电梯,想着这样的场景只有在梦里才出现过。

研究中心的老板是个七十岁上下的老年人,脸上的老年斑已经很多了,眼睛里放出的光像暗夜里的珍珠。新洋觉得他像爷爷一样慈祥,面试的时候什么话都说不出来,只是说了一句:"如果我有幸录用,一定会好好工作。"她便别过头去,掩盖住自己已经流下来的眼泪。

这样失态的面试却没有被拒绝,老板说:"你明天来上班吧,以后可以称我为'刘先生',我是北京大学的退休教授,'先生'这个称呼是我平生最中意的。"

于是新洋找到了生活的方向,好像把自己周一到周五的时间稳妥地交给工作,就释放了自己的痛苦。她每天坐在一平方米不到的格子间,面对着电脑,敲着文字,觉得很幸福。那一平方米的格子间给了她享受梦想的自由和实现梦想的幸福。她每天面对繁体字,一边辨认,一边阅读并且理解后转换成简体中文,工作虽然单调,但是有一种为了文学事业添砖加瓦付出的兴奋感。

一天半夜,记者女打来电话:"新洋,你可以给我100元钱吗?我刚和男朋友吵架,他生气走了,我才发现自己没有带钱包。现在在地铁站,我只带了地铁乘车卡,可是没有地铁了,我没办法回去。"

当时,已经是午夜十二点多,白天工作累得筋疲力尽、在被窝里睡暖的新洋没好气地说:"你出门不带钱包吗?你没带钱包,就别和男朋友吵架!和男朋友吵架前,就得先看看自己的钱包有没有带够钱!"她一边气冲冲地骂着,一边穿起大衣,踢醒了设计女。设计女人高马大,身材魁梧,是典型的女版北方大汉。这样风高月冷的夜里,新洋没胆一个人出去。

"那你带了银行卡吗?我寄钱过去,能取到吗?"新洋急匆匆地问道。

"没带。"

"没带,我寄钱到哪里?你怎么取出来?真搞不懂你!"新洋郁闷得简直要出口大骂"笨蛋"。

记者女平时工作谨慎,一丝不苟,能把细节处理得十分完美,可是碰到感情的事情,尤其是男朋友让她魂都不知道丢到什么地方了,完全失去了应有的理智。

"你太依赖那男人了,现在,被人甩在地铁站了,让我去救你!"新洋继续踢着迷迷糊糊睡着的设计女,朝睡梦中的她吼着,"快起来,袁玥被男人扔在地铁站了!地铁停运了,她没带钱,没带银行卡!"

"哦,这鬼女人,碰到那男人,就找不着北了!"设计女嘟囔着,"打从她恋爱开始,我就得随时预防突发情况。真不省心!"

"好了,好了,现在就知道哭。哭有什么用?我和李楠去找你!你在哪个地铁站?"

"在西单。"

北京大学学生临时公寓在五环,离西单这个市中心的繁华商业区很远,简直是从北京城外围进入市中心。

"我知道了,你到西单地铁站出口等,我和李楠马上过去接你回来。"

李楠,设计女,像楠木一样结实,内心十分善良。

"问下她手机充足电了吗?要随时保持联络,不然西单地铁站那么大,没法找。"李楠提醒着。

"楠楠让我问你手机到时候不会没电吧?"

"现在手机就快没电了,我现在关机,过会儿开机,应该可以用。"袁玥说着。

新洋和高大的李楠走出公寓大门,一阵冷风吹来,她们捂起了耳朵。

"你不提醒她手机有没有电的事,她肯定会和爸爸、妈妈、三姑六婆、狐朋狗友打电话哭鼻子,哭到手机用完电才停止。你刚来这公寓住,还不了解她。"

"唉,这女人!"新洋叹道,"男朋友都这样了,她还恋着他干吗?"

"谁知道呢!"

新洋和李楠赶到西单,找到袁玥的时候,她正蹲在地铁站出口那儿,为赴约会只穿了短袄、迷你裙、棉长袜、高筒靴,这让她的嘴唇冻得青紫青紫的。

一路上大家都沉默无言,回到公寓倒头便沉沉大睡。

"这个男人太可恶了。"第二天一大清早,新洋气冲冲地说,"一个男人竟然把女孩子扔在地铁站!"

"是啊,袁玥,跟他分手吧!"李楠说道。

袁玥气鼓鼓地说:"分手? 那不是让他称意了? 我得找个机会好好修理他!"

"得了吧,你每次都说修理他,结果人家一打电话来邀请你,你哪次不是打扮得花枝招展去应约!"李楠尖刻地说。

"那好,我现在就打电话去跟他分手。"袁玥好像下定决心似的掏出手机,拨过去。

"喂,戴维德。"

新洋听着袁玥的粗嗓门一下子变得柔和了起来,无奈地和李楠对视了一眼。

"你还没睡醒啊? 哦,那你再睡会儿吧! 今天是周末,多睡会儿。""嗯,我,昨晚,昨晚没什么事儿,坐的士车回到了公寓。""你接着再睡会儿啊!""你不睡了? 真不好意思,把你从睡梦中吵醒。""什么? 什刹海? 邀请我和舍友们晚上去游什刹海? 真的吗? 我问下她们的意见。"

袁玥兴奋地捂着手机话筒,转过头来问:"戴维德晚上请大家去什刹海,那里的夜色很美,四周传来酒吧里歌手的原唱音乐,还有许多北京风味小吃,怎么样? 想不想去? 谁去? 大家一起去?"

新洋、李楠、金霞都很无语地点点头。

"秀丽,你马上就要开始博士研究生入学考试了,考完试要回到学校写硕士毕业论文,把这当作我们的饯行,怎么样?"袁玥的提议得到了大伙儿的喝彩。

"彤梅,你呢?"袁玥又问道。

"我,我,我看,我还是不去了。"彤梅是考研女,一朵红梅向天开。人说"梅花香自苦寒来",彤梅考北京大学的硕士研究生,已经连续考了三年,每年都能上线,但是在面试的时候,总是无法通过。"我今天还要去给学生上辅导课,要晚上十点多才回来。"

"嗯,戴维德,我三个舍友和我一起去什刹海。"

看见袁玥刚挂断电话,新洋打趣地说:"说分手的人哪!"她耸着肩,笑了笑,心里想着:不知道一个什么样的男人,弄得她这样没心没肺!

"我听说今天上午在北京大学有一个以电影为主题的讲座,有没有想去听的?"袁玥向来消息灵通,"听说请来了一个来自好莱坞的名导演。"

"哦,"新洋兴奋起来,高高举着手,"我去。我去看看那些编剧们怎么写出来的剧本? 那些剧本又怎么拍成了电影?"

"我也去。"李楠说道,"我去看看他们的服装和舞台美术设计。"

"听说,还是纪录片哦。"袁玥神秘地说。

"哦,那我也去看下。"

"只有你了,金霞,还是去男朋友那里陪他度周末吗?"

"嗯,我其实也想去看的。"金霞害羞地说。

一大群人从百年礼堂里涌出来,秀丽拉着新洋的手,袁玥和李楠并肩走着。

"真是烂片。"袁玥大声说着,"之前还宣传得那样牛,看过之后,简直是牛粪!"

新洋开始对记者女的工作产生了疑惑:"你平时在什么地方上班? 采访些什么人?"

"她呀,在一家电子杂志上班,写些电影评论的文章。"李楠笑着说。

"烂,简直是太烂了,超级烂片! 真是让观众失望!"记者女像吃过了牛粪大餐一样,嘴巴里吐不出一个干净词儿。

"喂,我们还算不上观众,这部电影还处于试引进中国电影产业阶段,我们都不用买票!"秀丽说着,"没有花钱,让我们白看场电影、听段讲解,还骂!"

"这种烂片,花钱请我看,我都不看。"袁玥得理不饶人。

"我看,那部纪录片也没有糟糕到那个程度,只是中国观众对纪录片的形式不习惯而已。"秀丽分析说,"它的思维是写实的,而电影在大多数人眼中,就是虚构的。电影本身就是假的,而纪录片却让大家相信它是真实的,大家不容易接受。"

"我也觉得,那部纪录片在拼命地做一件事情,那就是不断地通过南京大屠杀的亲历者的述说来说明这件事情真的发生过,而这种努力让人质疑,尤其是那些亲历者是由演员扮演的。"新洋说道。

"啊,《红玫瑰与白玫瑰》!"冷静不了三分钟的袁玥咋呼着说,"我去年就排队买好了票的话剧!今天晚上演出!啊,啊!"

她一边说着,一边急速地向北漂公寓的方向走去。

后面紧跟着的三个人走进公寓宿舍的时候,她正翻箱倒柜地找着什么性命攸关的东西。

"找什么?"李楠问。

"找到了!找到了!"

新洋、秀丽、李楠凑近看了看,是《红玫瑰与白玫瑰》的话剧票。

"那就打电话给戴维德,取消今晚的什刹海之约吧!"新洋说道。

"那怎么行,戴维德现在正在编写很复杂的应用程序,他难得有假期!"袁玥刚才对《红玫瑰与白玫瑰》的热情消减了。

新洋不知道一个程序编写员怎么能吸引到满脑子浪漫细胞的记者女。

结伴去地铁站与戴维德会面的时候,袁玥朝一个男人走去。那个男人身高不到记者女的肩膀,一米五五左右,戴着魔术师般的帽子,穿着一条乞丐服款的牛仔裤,裤的底边没有裁短,后脚跟那儿已经被踩得和破布条一样稀稀疏疏。他那如艳阳般的金色头发,卷得凌乱不堪,好像十天半个月没梳过头。除了那双黑黑的眼珠,新洋从他的装扮、说话的腔调和走路的动作,压根没看出来他是黄种人。

事实上也不止新洋一个人这样认为,一路上和戴维德说"Hello"并要求合影的大陆孩子很多,那都是些半大不大的大学生。

"戴维德,我的男朋友,新洋,我新来的舍友。"袁玥介绍,其他人早已认识了,相互打招呼。

戴维德仔细地瞧着新洋,笑着摘下帽子,对她行了一个英式的鞠躬礼。新洋一下子慌了起来,出生第一次有人对她行鞠躬礼,她记得正确的回礼方式似乎是伸出手去让对方亲吻手指,可是她不敢,急急弯下腰去,行了一个中国式鞠躬礼。

"哈哈哈",看着她这副窘状,大家都笑了起来。新洋恨不得找条地缝钻进去。

什刹海的湖畔,灯火通明。歌声一阵阵飘来,像战场的鼓点一样让人无法回避,震得耳膜像是要裂开了一样。戴维德指着路边的一家水饺店说请大家吃水饺。水饺店里面干净整洁,人比较少,消费也不贵,正合了大家的意。

"秀丽即将离开北京,踏上回内蒙古的路途,这顿饭咱请她。"袁玥说道。

"喂,别袒护自己家人哦!"设计女李楠朝新洋眨了下眼。

"哦,我明白啦!"新洋一副恍然大悟的样子。

戴维德急忙说:"我穷得只剩下回台北的飞机票了!"他狡黠地眨着闪闪发光的眼珠半开玩笑半当真地说。

在北京,生存并不容易。

新洋摸了摸钱包里的那些纸币:"我必须得坚持到发工资!不然,我得开口向年迈的父母要钱。而那些钱来得并不容易。"她嘴里含进去了一个韭菜馅的水饺。

大伙儿在埋头吃水饺的时候,秀丽一言不发地去吧台买单。

吃完水饺,新洋和戴维德并肩走着。袁玥一边嬉笑着,装作毫不在乎。

"你在哪里工作呀?平时也是这个模样吗?"新洋侧着脸,直视着他的眼睛,那闪闪发亮的黑眼珠,充满了智慧。或许,用狡黠这词更为恰当。

"在创新工场。"他云淡风轻地答。

"创新工场!传说中3G时代首领之一李开复创立的那个?"惊呼一声的新洋看着周围人不解的眼光,急忙把惊讶声降下来。生活在北京这座古老城市的人,什么大场面没见过,大家都有一种宠辱不惊的平稳。那些咋咋呼呼的外地人,好像进大观园的刘姥姥一样。

"是啊!"戴维德笑着说,"李开复也不是那种传说中的人物啊!他很平易近人。有一次,一个大陆朋友来找我,一时没找到我,他就跑去李开复办公室了。结果,李开复和他聊了一两个小时! 那朋友正处于工作的困扰中,向李开复倾诉。李开复说:'工作嘛,主要不是看你正在做什么,能有多少钱,而是你将来想做成什么,现在所做的工作是不是为了将来能做成的那件事,是不是为想成为的那种人而努力!'他说完后,我那朋友回去就把工作辞了,找到一份准备终身为之努力的事业!"

"那薪水呢?"一向不懂得忌讳的新洋紧接着问。

"我和搭档一起开发一个叫'城市码头'的城市旅游电子地图导航软件。现在正在做,也正在联系投资人。大陆有许多风投资金,我们要把它做好,需要一大笔资金。但是未来的收益也是喜人的,以后会有几千万进入腰包。"

听到戴维德热情激昂的语调,新洋仿佛听到了阿里巴巴从山洞里带回来的金币,叮叮地滚向钱袋里。

"那你不回台北了吗?"袁玥朝着戴维德走过来,说道。

"我哪里会回台北?"戴维德笑着说,"北京发展机会这么多!"

"你的裤子都破成这样了。"新洋皱着眉说,"袁玥,你怎么不帮他买过一条?"

"这是那种裤子的风格。"袁玥不屑地说。

新洋一行人走在什刹海旁的鼓楼外大街。

"哇,那边商店里挂的东西好特别。店名是藏文呀,不知道是什么商店?"新洋指着路边的店铺问道。

"我也想去看看!"

戴维德和新洋一起走进藏式饰品商店。商店里坐着一个扎辫子的店员,旁边站着两个店员,一个是汉式小平头,一个是卷发。新洋觉得那三个店员都很帅,有一种独特的异域风情。她半低着头打量着,觉得两颊滚烫。扎辫子的店员一边向新洋介绍着各种首饰,又一边向戴维德称赞她的美丽。

"你看这个石坠子,多美,'玉石经万年,千载永流传'。送给她一串吧! 戴在她直挺挺的脖子上,多好看!"

戴维德拿出钱包,准备买下那串透明的黄玉项链。

"他不是我男朋友,"新洋急忙纠正道,"他是我好朋友的男朋友!"她说完斜睨了戴维德一眼。他闪亮的眼眸瞬间暗淡下去。

"哦,既然她是你的好朋友,你就是她,她就是你。好朋友的男朋友也就是你的男朋友。你接受他买的礼物吧!"店员半开玩笑地说。

新洋和戴维德在这样较真又不便较真,不当一回事儿又不能不当一回事儿的玩笑话中相视一笑。

"我可以要这串项链,但是这串项链是我自己掏钱买的。你另外说个价钱?"

大凡做生意的人都知道男女情侣一起购物,结果男方总是会以很高的价格买到实际上很低廉的物品,因为男方在恋爱阶段不会拒绝女方的要求。但是女方独自掏腰包,情况则相反。女方总是会以很低廉的价格买到较好的物品,因为她可以拒绝。

店员好像被看穿了一样,低低地说了个价钱。新洋很中意,假意说:"你看,这串项链中间钻孔的地方多数带有裂痕,而且你看看,表面的打磨都没有做。"店员很惊讶地看着新洋,说出了个更低的价格。新洋心里偷乐着,然后买下了那串黄玉项链。

戴维德睁大眼睛,用不可思议的眼神看着新洋,她用不到卖给他的价钱的十分之一买到了那串项链。

"那串项链怎么样?"戴维德问道,"好像有很多瑕疵,你干吗还买?"

"天然的玉石都会带许多小问题,完美品通常都是赝品。"新洋举起玉石,对着路灯的余光,继续说,"你瞧,透亮透亮的。有一道道的石纹,这是未经打磨的天然石皮。你再摸摸,手感不错吧,有点水冲刷后的光滑。哈哈!"

袁玥从路旁一家服饰店冒出来,正好看到新洋和戴维德相视而笑,戴维德的手正放在新洋手掌心上握着的玉石上摩挲。

设计女李楠和考博女秀丽在小排档边吃着水煮,袁玥、新洋和戴维德一行三人低头不语地走过去。

新洋忐忑不安地想着:我该怎么说呢? 她看上去很愤怒! 原本就没有做什么! 或许她什么都没有看见,只是我自己多心了而已!

刚走到秀丽的身边,新洋拿出刚买的玉石项链:"秀丽,送给你,作为我们在北京这个异乡相识相处的见证。"

秀丽看着新洋,眼眶有点湿湿的。她默默地收下了那条项链。

新洋听到袁玥轻轻的舒气声。

戴维德黯然地看着新洋,似乎他自己也很想得到那样的礼物。

袁玥铁青的表情好像一下子松懈了,轻快地哼着小调。新洋回想起店员说的"好朋友与好朋友的男朋友"的话来,真是放狗屁!什么都可以共享,自家男人可不能共用!不分你我?连这都不分,那不成禽兽了!看来,一谈到抢男人,再好的朋友也得翻脸!真是一群色欲男女!她那时候并没有觉得自己简直也是在吃醋。哪个女人不想独有自己的男人,除非她已不爱他!

新洋哼着不着边际的小调。大家都哼唱起来,渐渐地越来越大声。"树上的鸟儿成双对",新洋唱黄梅戏里的《天仙配》,或许是对男人的渴望。

"风沙万里长",金霞唱了思乡的《梦驼铃》。

"你就像那冬天里的一把火",费翔唱的歌,戴维德开嗓唱道。

渐渐地分不清谁唱的,一群人当中有人定了个调,唱了几句,大伙就一起唱起来。一路走着,一路唱去,颇带几分狂野和醉意,完全不顾路人的指指点点。

酒入愁肠愁更愁,愁肠无酒愁自愁。这一群人大都如此。

一路上,坐地铁到北京大学东门站,大家说说笑笑,哼哼唱唱。回到宿舍,新洋拿着秀丽付水饺账单的钱按着个人的份子,塞进她手里。

"不,不要,新洋,你这样太见外了!"秀丽忙推开新洋的手。

"别!我们都知道在北京不容易,你收下,我可不能让你吃大饼去!"

秀丽笑着收下,反过来问道:"难道大饼不好吃吗?"

"当然好吃!"新洋捂着肚子,"说到大饼又觉得饿了。谁想去称点?"

没人吱声。

"那大饼也就咱俩中意!"秀丽低着嗓子,"我和你一起去!"于是,春寒料峭中,两个单薄的身影行走在北京的路灯下。

"我来二两!你来多少?"

"我也二两!"

"哈哈,你瞧,多大一块饼啊!才九角多,不到一元钱!"

秀丽扭过头去:"瞧你见了大饼像饿虎扑食一样,一脸的馋相!"

北京大学便民超市那家卖大饼的店给新洋这样的学生填饱了肚子。那是一种米面和成的大饼，上面撒少许的葱花和蛋皮，圆得像十五的满月。那店老板为人很厚道，一两、二两地零卖。在那样寒冷的早春，店老板总是端出热气腾腾的大饼。说做生意只是为了挣钱，那是存在偏见的。这位店老板在做生意的同时，也给忍饥的学生们带来了温饱。倘若人生真的存在积德行善的话，那么把做生意当作一种为周围人造福的行为的店老板积攒了厚厚的德和善。在人们初来京城又不好意思问家里人要钱的时候，那些大饼温暖了多少人的胃和心。

"瞧你那双眼睛！"一大清早彤梅轻声地问。

新洋对着镜子，镜中那个目光呆滞、下眼皮各划一道青筋的面孔令她吃惊。

即使疲累得只剩下一口气，新洋也会照常装作若无其事地工作。

十八层的高楼令她眩晕，透明的玻璃外澄净的天空像一个张开温暖怀抱的妖魔，使新洋想不顾一切投入那怀抱中。

小隔间办公电脑发着吱吱声，手指敲击键盘的嗒嗒声，合成一股说不清道不明的回响，在新洋耳畔响起。那虽微弱却枯燥的响声，像一股魔音，令她想从那透明的玻璃窗户逃走，奔向那巨大而温暖的天空。

新洋知道那扇透明的玻璃窗是通往地狱之门，她走到窗边，紧紧地扣上玻璃窗的嵌锁。同事用看幽灵的目光瞅了瞅她，继而埋头去干手头的活计。

北京，这座养育千万人口的城市，给人一种莫名的神圣感与敬畏感。在它面前，谁都是沧海一粟。据说，在北京城里土生土长的人不足一百万，九百多万人为外来人口。

这些外来人口用自己的勤劳撑起了北京城。

"我为什么来北京？"新洋一边敲打着键盘，一边想着，因为想活得好，因为肩负着父母对自己的期望，因为……

身为硕士研究生，在地方是高素质人才，而在北京却是低学历者，既不能跟"农民工"比吃苦耐劳，又不能像管理者那样独当一面，甚至比不上大学生，他们可塑性强，适应力强。新洋有一回去北京大学旁的北漂公寓，同行的公交车上坐着的大都是学生。新洋一看校徽，左侧坐着的是北京大学的学生，右侧坐着的是清华大学的学生，这些人都是传说中的"状元"。新洋原本膨胀的雄心像泡沫一般,瞬间破灭,碎成一地,恰似那零乱的纸屑,在风中盘旋,不知归处。

她蜷缩在一平方米的格子间,像一头受伤的野兽,独自舔着流血的伤口。她很喜欢向后移动椅子,身后那条长廊被划入了她的活动范围,那两平方米的区域是她奔驰的旷野,翱翔的长空,游动的大海。

工作的时候,时光像蜗牛,一寸一寸地挪动。这只蜗牛终于从星期一上午挪到星期五下午。

这种疲惫令她想逃,于是,她辞职离开了这个在她最艰难的时候收留了她的地方。

第二章　求职遇陷阱

"我必须再找到一份工作,不然,就这样回家,好像在北京找不到工作才回去。"新洋暗暗地给自己打气,在报刊亭买了几份找工作的报纸,一边看着,一边等着公交车。

"你想证明自己吗?你想追求梦想吗?你敢挑战高薪吗?年薪十万,等你来拿!"看到这则广告的新洋,内心奔腾不已。"十万?足够给爸爸妈妈在乡下盖一层小洋楼了!"坐在公交车上,看着一幢幢高楼在车边闪过,新洋陡地升起一种征服感,"我要待下来,一定要在北京待下去!"

古老的北京城给人一种历经沧桑的美和一种雍容大度的气场,置身其中,觉得自己渺小得如同一粒微尘,而每个渺小的人在那样的城里却会升腾起莫名的力量。

离开北京是对自我能力的一种否认,只能说明离开的人不具备在北京城生存下去的能力。而留下来呢?在留下来的人当中,有多少人不过是浮萍,终究要离开。

北京城的色彩就是它那些古老建筑的色彩——宫廷红。那是一种沉稳大气、热情而不张扬的红,一种宠辱不惊、云淡风轻、久经沧桑、淡泊名利的红。这红又似火,火一样炙热的梦想,火一样奔腾的爱恨,火一样激烈的碰撞。而火既给了人类熟食,又给了人类毁灭的力量,它能带来一切,又能带走一切。

按着报纸上给出的地址,新洋找到了那家自称能给员工"十万年薪"的公司。那是一个有着宽广场地的公司,宽阔的大厅至少有三百平方米,大厅正中是假石,假石四周流水潺潺,让人置身山泉流淌之中。走进大厅,服务台的女宾笑着走过来询问:"你找哪一位?"

"哦,我是来找工作的。"新洋扬了扬手中的报纸。

"那你先登记一下。"她笑着说,拿出一张表格让她填。

新洋埋头看了看,提笔写了起来,表格上问到她意向去往的部门,其中列出了许多部门，仿佛是一个极其庞大的公司。"外联部"这三个字映入她的眼球，"不会是对外国销售产品吧？"她毫不犹豫地勾选了。

新洋填表格的间隙，转过眼去看后面进来的几个求职者的学历，初中、高中而已，间或有一两个是大学生。

"你们跟我来。"随着另一个高个头员工的带领，新洋穿过大厅，路过的地方有许多小房间，里面一律是文件和电话机，每台办公桌边的人都在拿着电话机，翻动着文件，不停地打电话。最后新洋走进一间像放映厅一样的房间，里面摆放着许多把椅子。

新洋翻动着桌面上的宣传图册，里面的图片一律是各种纪念品或礼品。那家公司的员工都穿着黑色的西服正装，来来往往穿梭的几乎是年轻女员工，给人一种好像进入女儿国的感觉。给她们进行面试的则是年龄近三十岁的女子，她画着淡妆，看不出皮肤的本来肤色，但从轮廓看去，则称得上是美女。

"我们公司提供免费的饭食，一旦正式录用，还给每个员工提供住宿。试用期一个月，试用期没有底薪，以工作业绩来发放工资。正式录用后的底薪，由公司总裁和你谈。"画淡妆的女员工像录音机一样把这段话给播了一遍。

新洋开始有点纳闷，为什么这家公司不考虑我会做什么，能给他们带来什么？可能是试用期没有底薪，而所谓的工作业绩又不知道会是什么的缘故吧。

"能具体介绍下你们公司的营利途径以及我要做的工作吗？"新洋问道。

"这些情况在公司同意试用你后，公司总裁会在欢迎新员工的晚会上加以说明的。今天下午五点钟之前，将会通知你是否会被录用。"

得到一个准确时间的答复后，新洋心里舒坦了。

傍晚时分，新洋的父亲打电话告诉她，她应聘的公司打了他的电话，确认身份无误。稍后，新洋接到了试用录取通知。

公司用了半天的时间给他们上了培训课程，介绍了北京奥运钞一日一价的盛况，介绍了枣红一角的天价，介绍了电话营销的技巧。上完培训课后，新洋想要离开这个不明不白的公司。可是转念一想，这样独特的找工作经历，不也是人生的一种体验吗？于是她的好奇心大增，大有一番"初生牛犊不畏虎"的劲头。

当天傍晚，公司里的放映厅灯火通明，音乐嘹亮。所有员工齐聚一堂，偌大的放映厅人头攒动。公司总裁带领中层领导依序入座,向全体员工致辞:"各位中层领导,各位辛勤工作在一线的员工,你们辛苦了!"新洋和众人一起狂欢般地鼓掌。"我们公司是百年老店,有着悠久的历史,为了发扬公司良好的传统,将我们百年老店做到更大、更强,我们要齐心协力、团结奋斗!"

新洋对着大屏幕看去,公司总裁是个近四十岁的中年男人,方脸,偏黑,看上去稳重、敦厚。

接下去,公司的执行总裁开始发言:"你们相信梦想吗?百年的历史铸就今日的辉煌!去年,公司实现了两亿的营业业绩,今年让我们一起为三亿的营业额而奋斗!我们公司给每个员工优厚的提成,月工作业绩达五千元,可以提成百分之三十;月工作业绩达一万元,可以提成百分之四十;月工作业绩在一万至三万之间,可以提成百分之五十。年终业绩前三名,将获得普吉岛情侣双飞十日游!"底下的掌声一浪高过一浪。

执行总裁三十多岁,她说话铿锵有力:"今年我们公司还特别推出了一项特惠产品,就是这款《八十七神仙卷》画轴。《八十七神仙卷》是堪与《富春山居图》媲美的画作,其作品由徐悲鸿发掘,线条细腻流畅。这巨幅画作全国仅发行999幅,每幅都有编号,珍藏后升值潜力巨大。这限量版的画作在我们公司的内部发售价是99万,给成功售出的员工提成是七成!天哪,七成,也就是六十九万。六十九万,这辈子,就不用再干活了,房子、车子都有了,梦想实现了!"她的嗓音越来越高,情绪越来越激昂,整个会场都沸腾起来。

新洋一下子被吸引进去,啊,只要卖出了这宗产品,能抵消我多少年的努力啊!她心潮澎湃,接下来的发言人的职务她都没有听清。

一个脸宽宽的女孩子,看上去很和蔼:"去年,我销售了我们公司的特惠产品,公司给了我允诺的提成,还给了我普吉岛情侣双飞游的奖励。我把机会给了一辈子没有坐过飞机的父母,他们做梦都没有想到能出国旅游!"

发言人一边说着,镜头上清晰地放出两行清澈的泪水从胖胖的脸上滑落的特写镜头。"我把提成的钱,拿出来给爸爸妈妈盖了一幢崭新的楼房,又给弟弟娶了漂亮媳妇。我的梦想就是给家人幸福,我做到了!你们能做到吗?"

"能!"众人激情饱满地回答道。

"大声点!给我更自信的回答!"

"能!"屋顶都要被这昂扬高声给冲开一个大窟窿。

"棒,很棒,非常棒!"主持人回应说。她个子很高,也很年轻,面容姣好。

回到住宿的地方,新洋兴奋得睡不着觉,每天厌烦的地铁轰鸣声也消失不见了。

北京春天的清晨让地面上泛出一层层冷雾,河面上凝结着的冰层几乎有小指一个指节那么厚,新洋刚哈出的气在空气中凝成一个个细小的水珠。她却不觉得冷,在公交站台上有许多像她一样在寒风中坚守着的青年。整个北京城还在熟睡,这些北漂青年早已醒来,开始新的一天的拼搏。在这群青年中,有许多人会成为他人梦想的肥料,能在让他人实现梦想的同时也实现自己梦想的却是极少数人。

正如新洋所推测的那样,公司让员工做的工作就是电话营销,每天坐在电话机前不间断地打电话,像漫天撒网。

刚开始出售的商品是人民币礼品。公司先将仍在发行中的人民币按照编号的一定规则整理出来,比如"四连号""五连号""十连号""豹子头";然后进行包装美化,以高出人民币面额数倍的价格卖出。

新洋按照公司拟好的台词介绍产品,许多人一接到电话就粗暴地挂断,新洋这辈子没受过那样粗鲁无礼的对待。

"喂,你好。"终于电话线那头有了回应,新洋抓紧时间,介绍道:"我们公司是百年老店,现在推出一款第四套人民币同号面值币,你购买后,数年时间一定会升值几倍。这款产品,我们公司限量发行,购买后还可以获得一支由景德镇烧制的青花瓷钢笔!这支钢笔的烧制成功率在百分之十以下,很有收藏价值。"

"你是刚到北京的吧?"电话线那头的声音不紧不慢地问着。

"是的。"新洋愣了下。

"你知道出售正在流通中的人民币是犯法的吗?"那是一个沉稳的中年妇女的声音,但语气却充满着威严。

"我,我不知道。"新洋尽管读过许多书,但是不了解法律,并且公司在介绍产品时已经说过,这个产品是经许多部门许可发行。

"不得买卖正在流通中的人民币,"她继续说着,"这是法律明文禁止的。你现在所做的出售行为是违法行为。"

"可是大家都在做呀,电视上也播放过这类产品的销售广告。"

"那也是与法律不相符合的。小姑娘,我是好心提醒你,别为了钱,进入了别人精心布下的圈套,最后连进了监狱都没明白怎么回事!"电话那头的声音给新洋一种可信的感觉。

回想起公司里的种种宣传,新洋也生出了疑惑:"大姐,你说具体点,让我明白。"

"看来你已经起了疑心,不是长期经惯了这事的人。我今天就权当做好人好事吧。"她的口气和缓了下来,"你知道制作人民币礼品的危害有多大吗?"

"不,不知道。"新洋丝毫没有意识到这种礼品会导致的不良社会后果。

"从小处来说,不过是几百元的礼品,但是从大处看来,这种人民币礼品是祸国殃民的。就拿你刚才介绍的同号面值币来说,从一百、五十到二十、十元、五元、二元、一元,所有的面值金额不足两百元,而售出价六百六十元。同样是人民币,购买力相同,而制作成礼品的人民币耗费了三倍以上的人民币来购买。就像你说的,你们公司是百年老店,又有年营业额两亿的辉煌业绩,那么以三倍利润计算,你们公司以七千万的人民币换来了两个亿,其中一亿三千万的人民币都耗费在同类物品的购买上。并且,作为礼品的人民币不再进入流通,也就是说它作为流通货币的生命终止了,要实现升值的话,必须要等到这类货币停止流通,成为历史货币。国家发行的货币是根据一定的社会生产进行的,而这部分同类物品的购买并没有实现社会生产的扩大,扰乱了国家经济秩序。如果那些通过社会生产挣到的钱最终转变成不具有流通功能的货币而被贮藏,社会扩大再生产就会失去能源,从而导致社会生产无法扩大乃至倒退。你们公司一年使一亿三千万的社会生产利润蒸发,一百年蒸发了多少社会生产利润?而像你们这样的公司现在形成了一种遍地开花的态势,一百家同类规模的公司能蒸发一百三十亿社会生产利润!这些钱进入了你们公司的腰包而没有进入那些为社会生产与再生产做出贡献的劳动者的口袋,那么社会生产如何良性循环?尽管指责你们公司祸国殃民有点小题大做,但是其危害不小是确实的。即使是中国人民银行发行的'追踪钞'也被你们这类公司洗得干干净净!"

新洋被说得眼皮直跳:"什么是'追踪钞'?"

"这话本不应该直接和你说,但是希望你悬崖勒马,及时悔改。'追踪钞'指的是针对不法资金流向而设置一定编号的钱币作为观察动向的钞票。你们整理的什么同号、连号钱币,并向全国发售,彻底破坏了其追踪功能。也就是说,你们出售的产品间接参与了洗钱。"

新洋彻底瘫在椅子上,快速挣钱的梦像空气中无限膨胀的泡沫,"嘭"的一声爆炸了。她急忙收拾好早上带来的午餐饭盒,像躲避瘟神一样溜出了那看似富丽堂皇的公司。

新洋仓皇地走在街上,看着街道上化为小黑点般模糊的汽车,觉得天地大得无边无际,而自己却渺小得如同一粒微尘。

周末清早起来,新洋睁开眼一看,床位上的被子扭得和蛇一样,人人都起床,各干各的工作去了。

"都走了吗?"新洋朝着天花板喊了声。

"新洋,我在。"考研女彤梅拉开帘子,露出脑袋向上铺的新洋说。

"哦,知道了。就咱俩在。"

"你起床了吗? 打算干啥?"新洋掀开彤梅床铺那拉着的帘子,钻进头去。

一个俊俏的小伙子的视频图像出现在彤梅的QQ对话中。长眉,大眼,高挺鼻子,方唇,方脸,一个标准的北方汉子。

"呵呵,真帅! 谁呀? 每天听到你在下铺噼噼啪啪地敲电脑,还以为你正在写什么作品呢! 原来⋯⋯"

"你想到哪里去了? 只是网友!"彤梅低下头去,羞红着脸。

"网恋?"新洋很惊讶地看着彤梅那两颊的绯红,"都什么时代了!"

"聊了很久了,但是一直没见面。"

"很久是多久? 不会是一年半载吧?"

"不止。两年多了!"

"啊,柏拉图式的精神之恋! 两年多? 这什么速度? 怎么不见面呢?"

彤梅绯红的脸颊顿时变得苍白。新洋看着她的脸,清晰的五官,白皙的皮肤,带着一种孩子般的澄清眼神,配上她那苹果似的娃娃脸,就算称不上美人,也算得上中等。

"哦,那样纯美的恋爱也是人生的一种回忆!"新洋转过话题说,"怎么? 难道今天就对着电脑里的帅哥头像过一整天?"

"哦,不是的。过几天,考研的成绩就要公布了,到时候准备面试和复试得花点时间,我想辞去工作,专心备战。"彤梅充满憧憬地说。

"那你今天去辞职?"新洋紧跟着问。

"不,不是的,我之前去邮票市场买了几十版'丝绸',现在我想去变现,作为辞职后的生活费。"

"我不懂这。"

"就是邮票交易。邮票是一种同时具备收藏与流通功能的物品,是投资的一种载体,和股票、债券、基金类似。前两年'丝绸'开售的时候,我按面值买了这些。"彤梅拿出一大沓精美的邮票。

"真不错,很精致。"

"今天我进入邮市的交易网站,挂了帖子出售,已经有了回应,我过一会儿就去邮市交易。"

"那我能和你一起去邮市看看吗?"新洋问道。

"我正想你抽空陪我一起去呢!"难得一笑的彤梅露出了笑容。

"那我洗漱完后,在北京大学西门对面的早餐铺等你一起用餐。"新洋说道。

"不,我没有吃早餐的习惯,你吃饱饭后直接到公交站台打我电话,我随后就到。"

新洋坐在干净整洁的餐厅里,新鲜的豆浆、蹦脆的油条、滚烫的白米稀饭和一整笼包子摆放在她面前。"人是铁,饭是钢""得食者昌""能吃是福"是家中长辈口中念叨的话,早已融入了她的骨髓。人生如有痛苦的话,饥饿是人生最基本的痛苦吧!一腹之饱尚且不可得,何谈其他?

新洋望着冒着热气的白米稀饭,心满意足地啜着。在这颇为落魄的春天的早晨,早餐店外叫不出名字来的树上,一大群乌鸦聒噪不休。走出门来,她打了个寒噤,公交站台上零零星星地站着几个候车的学生。"北京大学"四个金光闪闪的大字在春日的阳光下跳跃。

"喂,新洋,你等很久了吗? 怎么不拨我电话?"彤梅慢慢地走过来。

看着彤梅那一脚深、一脚浅的步伐,新洋恍然明白长达两年的"柏拉图式网恋"为何存在。有一种步伐,让你不敢向爱迈进,一步都迈不出,永远停留在最初的相遇。

人头攒动的邮市里形态各异的商品散发着诱人的光芒。新洋大呼小叫,忽然伸出手去,指着那种龙飞腾的纪念钞问:"那是奥运纪念钞吗?"

"不是,那是生肖纪念钞。双连、三连张大多是臆造出来的,没多少收藏价值。"彤梅冷静地说,"进这个收藏行业,大多会摔个跟头。真正靠这生存的人极少,而那些看透了热闹的人又会退出。"

新洋看着彤梅淡淡的神情,心里涌出一种"藏龙卧虎"的感叹,又生出一种对平凡而渺小的自己的同情。

"赚了多少?"彤梅与一老年妇人交谈结束后,新洋迎上去问,话刚出口,她就意识到这类好奇是不应该有的。

"没多大赚头,一两年也才三四千的差价。"叹着气的彤梅边摇头边说。

"三四千?"

"嗯。"

新洋再次得到肯定的回答。

"不错啦! 这才多久就涨了那么多!"

"这算什么呢,小打小闹。在北京这样经济飞速发展的地方,这实在是保本。"彤梅咽了口唾沫说,"每年的房价都以超乎想象的价格飙升。假如将所挣的钱转化为房产面积的话,甚至是亏了。只是在北京,想拥有属于自己的立足之地谈何容易!"

"是哦。"新洋低声附和着。

两个人不约而同地陷入沉默,无边无际的沉默。这种像铁一样结实而漆黑的沉默压得她俩都喘不上气来。

新洋的脚踝被刀割了似的,有根筋像锯一样拉扯着。她咬咬牙,捂紧了单薄的棉袄,这个寒冷的首都,风冷得像一把刀,露出了哪里,哪里就冻着了。

左侧的高楼灯光明亮,许多各式各样的轿车停放在门前空地上,新洋拿出报纸垫着,坐在围着观赏树的水泥墩子上,掏出刚买的英文杂志,叽里呱啦地读起来。她一边读着,一边瞅着手机上显示的时间,离面试的时间越来越近了。她起身向面试的地点走去。那里位于荣国府、宁国府古老楼阁附近,在一所高校的旧校址里面,是一所针对国际中学生考试的国际高中办公地。

那是一个一室二厅的办公室,一间是领导办公室,一间是员工办公室,中间是大厅。面试新洋的是那所学校的招聘负责人。

负责人看上去四十岁上下,他仿佛刚从睡梦中醒来,惺忪着眼,又好像刚从战场上下来,疲惫不堪,整个身子像陀螺一样蜷缩在沙发里。沙发背后的墙上是一幅字画,水墨丹青的山水画。他有气无力地翻看着新洋的简历,懒洋洋地问:"你说的北京大学东方文学进修是怎么一回事?"

新洋简单地说了下在北京大学东方文学进修的情况,那是季羡林老前辈开创的东方文学基业每年一次的暑期培训,面向全国高校中对东方文学有浓厚兴趣的研究生和教师。那次培训,用负责人的话说,像工商、金融、管理等专业的进修,这些专业进修的学生要交数万到数十万的学费,每年教室里都是人满为患。而东方文学的培训,不收任何费用,还提供饭卡补贴以及北京大学免费共享的图书资源,依然是招不满人。那期培训班的负责人年纪五十岁上下,穿着像农家妇女一样的粗陋衣服,兢兢业业地为参加进修的学生提供便利。在那个培训班里,新洋看到了许多怀揣着文学梦想的青年,他们来自不同的地方,却都坚守着文学这一片精神领地。

新洋云淡风轻地举着几个任课教授的名字,那负责人细眯的眼睛放出一股亮光来。

"我们教育集团正在努力和北京大学洽谈一个跨国培训的项目。北京大学的领导们很谨慎。"他试探性地说。

新洋想着:"或许他觉得我能为他与北京大学发展友好信任的合作关系做点什么。可是那些名教授们的学生多如牛毛,我不过如同过江之鲫,没有和他们产生任何私交。该怎么办呢?她转念一想,这样的领导,不看重个人的工作能力,而是从人际关系出发,不可能大有作为吧!良禽择木而栖,良士择主而依!"

人无何求的时候,大抵是坦然的。新洋放下了心底的担忧,自曾经的教学经历到对于教育发展的看法以及跨国中学生教育的前景,滔滔不绝地说了起来:"跨国中学生教育的培养面向的是即将进入以美国为主的发达国家的大学进行学习的学生,这类学生不必经过中国教育体制内的高考。其学习内容具有自主性和灵活性,这一方面解放了高考体制下学生的学习,另一方面为学生的全面发展开辟了可能性。这种教育模式面向的是那些为出国做准备的学生,这类学生具有的共同特点是:家庭有雄厚的财力,并且开明。概括而言,这种教育是一种贵族式教育。然而其缺陷也是存在的,首先是对语文课和政治课的忽视,其次是对不同阶层生活方式的隔阂,此二者使学生对中国历史、文化以至国情并不了解。总的来说,大多数把孩子送进此类学校的开明的家庭并不是把孩子培育成外国公民,而是希望他们通过去外国留学的方式学到更多有益于中国的知识。而对本国国情的漠视,是未来的一种硬伤。"

他饶有兴味地听着新洋的鸿篇大论:"那你认为中学生跨国教育应该怎么做?"

新洋静静地停了下来,应该怎么去解决呢?

负责人直起身子坐起来,向新洋前倾,睁大眼直视着她。

新洋轻舒口气,慢慢地说:"大多数跨国教育,或称国际教育的学校都从经济和效益角度着眼,而不是从培养于国于民有利的人才着眼,急功近利的心态比较明显。对于对中国历史、文化的忽视,可以通过扩大课外阅读量的方式解决,而对于各阶层生活方式的隔阂,则需要做教育的人怀有一颗善良之心,用优惠政策吸纳部分品学兼优的贫困生入校就读。"

"这是一个很好的创想。"他笑着说,"以后教育事业日益壮大后,我会致力于慈善。"

他把这说成慈善,并没有看到成绩优异的贫困学生可能给他的学生带来的良好转变。一个穷学生足以让三个以上爱攀比的富学生减少奢靡之习,而三个富学生习气的转变足以影响一群同类人,从而将一个贵族情怀的学校转变成平民生活姿态的学校。新洋在心里摇了摇头。

"你此行来北京,是为了投身于教育,从事教师职业而来的吗?"他狐疑地看着她。

新洋心里想着,不想当元帅的士兵不是好士兵,但是这不是老板想听到的,不是每个人都是拿破仑。

"嗯,是的。"她低声说。

"那到我这里上班,你要求多少薪水?"

"啊!"新洋对这单刀直入的一问发出一声惊叹。这声惊叹给老板的感觉是她没有打算到这里上班,或者是她没有想过上班所要求的薪水。

事实却并非如此。新洋渴望在这首都找到一份工作,渴望在这样一个文化底蕴深厚的城市生活。

她大学毕业后直接回家乡当了公立学校的老师,现在研究生毕业,才是第一次正式求职。她没有仔细想过个人薪水问题,说得太多,她怕被回绝,说得太少,她没法在这个城市生活。刚才的无所求,完全出于不自信。当找到工作变得可能时,她无所畏惧的气焰一下子没了。

她说不出那个数字。

老板静等了数分钟,最后让她回去等消息。

尽管没有经历过找工作的面试,但是她知道等消息就是没有下文的一种婉转的说法。

第三章 找到了工作

几天后,新洋收到了那家国际高中的二次面试通知。于是,新洋收拾好遍布疮痍的尊严,戴上满面春风、笑若桃花的面具去那家国际高中教学部应聘。她几乎坐遍北京市交通工具——地铁、公交汽车、摩托车才辗转抵达目的地。站在校门口往校名一瞧——新大洋国际高中。她心里一怔:"我叫新洋,来到新大洋,可总算来对了地方!"

交完笔试试卷,新洋憋足了气等待面试环节——上课。站在讲台前,她发飙一样地说着英文,甚至不经过大脑思考,她知道,一想就得停下来,一停下来就紧张,一紧张就结巴。于是,她什么都不想,不停地说,因为她知道,只要她说话的内容超过了面试官大脑接收的速度,面试官只会惊叹她英文的熟练而不去思考她刚才所说的话的意义,面试官必须掩盖他们没听懂的事实。

临近中午,新大洋国际高中给每位应聘者一顿"国宴"待遇的午餐。对于那时囊中羞涩、饥肠辘辘的新洋而言,的确是国宴,有四菜一汤,还有米饭、面包、馒头等主食,以及甜点和餐后水果。"为了每天能吃到这些,我豁出去了,拼尽全力也要赖下来!"

午后与学校主管面谈待遇时,新洋答应了三个月的"试用期"——管吃管住,不给钱。"为了每天都能吃饱饭,还有崭新的大房子住,我要留下来!"

"你是外地来的吧?"坐上校车返回市区,邻座一位戴眼镜的女生问。

"嗯。"

"怎么样?"

"我想留在这学校!你呢?"

"这离北京城太远了,又是半封闭式管理,只有周末才能外出。何况,又是实习待遇,我再找找。喏,她也想留下,我同学,瑞琴。"她指了指车厢走廊对面的女生。

"嗨,我叫瑞琴,英文名 Rich。"一个身材高挑的卷发女生对这边挥了挥手。除了黑眼珠,没有什么显示出她不是个"洋妞"。

"要是咱俩都被留下来,咱就是同事了!"瑞琴说,"你知道吗? 这家国际高中的老板超有钱,几亿身家! 这所学校的老板还不算有钱,学生家长有不少几十亿身家的,学校老板在他们眼里算穷酸的!"听着这一番宏论,新洋真的怀疑 Rich 是冲着泡老板去的,或者冲着当学生后妈去的。

"你那同学英文名 Rich 是和'有钱的'同义的吗?"新洋轻声问了问邻座戴眼镜的女生。

"是的。"她羞赧地轻声说。

新洋见她羞涩的样子,心里骂道:"你羞什么羞! 人家开口'Rich'闭口'钱'的人都不羞!"

"嗨,新洋!"新洋走进新大洋国际高中校门,瑞琴也正踩着"恨不得比天还高"的高跟鞋走来。

"嗨,瑞琴。"

"不,别叫瑞琴,叫 Rich,你英文名呢?"

"Shine,阳光灿烂的意思。"新洋一边回答她,一边暗想:叫 Rich 就真成有钱的吗? 我叫 Shine,还不是照样会乌云密布!

两个人貌合神离地聊着,几乎同时迈进了校园。

"啊,咱又碰见了!"新洋在走廊里来回寻找安排给她的 206 室公寓时,瑞琴又阴魂不散地出现。她掏出钥匙,打开房门:"进来看看呗!"

新洋本想先进去看看房间的构造,走到房门口,抬头向上一看,门框上用白漆漆着的"206"三个数字模糊不清,但隐约可见。她细看了手中的房门钥匙:"我也住这间!"

瑞琴一扫刚才主人般欣喜的姿态,沮丧地说:"两个人住一间房,有没有搞错?"

"没错,你瞧瞧!"新洋递了房门钥匙给瑞琴看。

"你没男朋友吧!"瑞琴没来由地问。

"没。"

"我也刚和男朋友分手！"瑞琴伤感地说，"咱不存在带男人回来过夜的事情！"

新洋暗忖道：我从来不曾带男人回来过夜，哪怕我一个人住一间房！

"你选哪张床？"瑞琴指了指。

新洋越过瑞琴，向大大的住处瞧了瞧。洁白的墙壁，地上铺了地面砖，两张平坦的木床，两张靠床而设的书桌。她又向阳台走去，远望阳台外，只见稻田飘香，风吹树动。极目远眺，远处是群山，树木葱茏。"人或嫌其远离市区，我独喜其不闻尘嚣。"她内心欢腾着。

"你选吧！"她只愿拥有这天地、这宁静，至于床，倒不介意了。

"那你睡临窗那张床，我怕黑！"

新洋正想临天地近些，临稻田近些，只担心瑞琴也喜欢，原来她不要的正是新洋想得到的。

躺在软绵绵的床上，新洋觉得自己很小、很小，仿佛一束草，盈盈可握。清新的空气像迷迭香，醉得新洋全身的细胞都瘫软开去，什么力气都没有，也不用费什么力气。她像章鱼一样摊开手和脚，放纵疲累的身躯，恣肆地休憩。床板下地铁的轰鸣声没有了，被震得发颤的耳鼓不再震动，她沉沉睡去，一如母亲襁褓中的婴儿。

一袭笔挺制服的男人，一片茂密的树林，一汪闪烁的眼，涌动着炙热的烈火。

搅人的梦。一醉不复醒的恼人的梦。

新洋伸了伸懒腰，全身的筋骨都像是被注满了油的机器，焕然有力。

"呜、呜、呜！"集结的号声吹响。

"快点，听说这里实行半军事化管理，你去晚了，怕是没有早餐！"瑞琴催促道。

"哦，你那头发够打理一阵子。我没事，扎马尾辫，刷牙、洗脸，五分钟！"新洋懒懒地躺着，不愿起身。

"你最好快点！"瑞琴拿过一根头绳把波浪卷发一束，呈现着错落的层次美，"今天是实习第一天，领导会带领我们去认识学生和各工作部门负责人！"

"好吧!"新洋一骨碌翻起身来,和被电击没什么两样,"谢谢你的提醒。"

"原来瑞琴并不是只会钱来钱去的。"新洋暗想。

一来到操场,新洋就看到齐刷刷的一列身穿绿色制服的士兵模样的人站在那。

"这是你将要带领的班级,这是你班级的教官,以后你们要精诚合作,共同带领好你们的班级!"领导一边说着,一边喊着个名字"李灵珣"。

新洋愣住了:"他,我好像在哪里见过!"停了半晌,她又回过神来,急忙伸出右手,像隔壁班级辅导员与教官初次见面那样握手。她的手在半空中停留了十几秒,那十几秒像蜗牛在泥沙中蠕动那么漫长,那位名叫"李灵珣"的教官不知为何迟迟没有伸出手。新洋很尴尬地停在那里,觉得四周的眼神齐刷刷地朝他们这边射来,正准备把手缩回去,他却迅速地伸出右手,有力地握了上去。

李灵珣和新洋默默地对视一眼,旋即,微笑着松开了彼此的手。

他的关节像松树一样笔直,又像竹节一样匀称,手背上的青筋像虬龙攀爬在肉壁上一样。

新洋像被注入了迷幻剂一样,软绵绵地窝在床上,时不时伸出那只被紧紧握过的右手,左瞧瞧,右瞧瞧,仿佛上面烙上了印记。她甚至想去亲吻她的那只右手,亲吻他留下的汗珠,或是体液。

"你发春了啊!"瑞琴一进门,瞧见新洋那副花痴模样,没好气地嘲笑道。

"你别胡说八道,我才没有!"新洋慌乱地把手放进被窝。

瑞琴皮笑肉不笑地回了句:"花痴!"

"喂,Rich,你说那些教官是现役军人吗?"新洋假装漫不经心地问。

"不是。"瑞琴肯定地说,"我听说,这所国际高中有一个副校长还是什么职务来着,总之是个校领导,是当兵出身的,招了些退役的士兵来当教官,说什么'军事化管理'!"

"我看他们像模像样的,一点也不像退役的!"

"吹号起床,吹号操练,吹号小解,吹号吃饭,吹号睡觉!这群教官八成是习惯这种生活,所以,你瞧,他们一大帮男人整天腻歪腻歪,我是受不了,看不下去!"

"我倒觉得很可爱!"新洋甜甜地笑了。

"是你可爱,可怜没人爱!"瑞琴说完,倒头睡去,很快就发出均匀的鼾声。

"你不一样可怜! 没人爱!"新洋小声对着瑞琴的后背说。

新洋醉醺醺般睡去,恍惚中有双布满虬枝的大手在抚摸她,额头、脖颈、胸脯、后背、大腿,那手一遍一遍地,像摩挲着一件挚爱的宝物。她觉得被摸得像一团行将爆炸的大火球,好渴,好渴。她想找一汪清泉,整个儿跳下去,可哪儿也去不了,甚至无法动弹,全身酥软无力。

新洋迷迷糊糊,眯缝着眼,瞧见瑞琴摸着她的额头。瑞琴关心地说:"瞧,你脸发红、发烫! 没发烧吧!"

"没,我发春呢!"新洋坐了起来,系上鞋带。

"哈哈,我刚才还着急呢,原来没啥事!"

"嗬,你还挺关心我,真没有看出来!"新洋笑着说。

"少来贫嘴贫舌!"瑞琴佯装生气地说,"你周末上哪儿去?"

"上我北漂姐妹那去!"

"北漂姐妹?"

"对呀! 就一大群女孩子,大家为了各种目的来北京,因为不生在北京,根就不在北京;又因为没钱买北京的房,终究扎不下根来。像浮萍,随水漂流。"新洋颇带伤感地说着,"快点,要集合了! 周末,我带你见那帮北漂姐妹去!"

"喂,你又愣在树底下发花痴!"瑞琴在学生体能训练的间隙走过来,"看上哪个了?"

"什么呢! 这不闲着没事干,瞎看,打发时间呗!"

瑞琴指了指,说:"该不会是那边那个大头鬼吧!"

"什么? 那个,什么大头鬼! 不是!"

瑞琴松了口气:"那是哪个?"

新洋的眼睛随着李灵珣的步伐,一蹦一跳地闪烁着。

"哦,"瑞琴会意地笑了笑,"就那傻愣傻愣的,像从没握过女人手的那个!什么眼光啊!"

"去,去,去,"新洋推开瑞琴,"哪儿有凉快地方,哪儿待着去! 没有那事,你别乱嚼舌！"

"他傻你痴，倒蛮配！"瑞琴得意地笑着走开了。

新洋一到教官让学生体能训练那会儿，就拎水、扛包地忙前忙后，身影稍闲下来，就蹲坐在树荫底下。她想在他身边多待一会儿，再多待一会儿；她想把他的手握得紧一些，再紧一些；她甚至想多看一眼，再多看一眼。

时光像大幕上跳跃的镜头，一闪而过。

"去我那北漂公寓见那帮姐妹吧。"新洋慵懒地伸出双臂，对瑞琴说。

"好啊！"瑞琴欢快地答应。

"喂，新洋，你那床铺不睡了吧？"一走进北漂公寓，徐娘半老的老板娘问。

"怎么不睡？我付了床位钱！"

"这一连几天都没见过你人影！"

"大姐，我还以为你让我挪窝，另租给别的房客呢！原来是担心我！没啥好担心的！我去新大洋国际高中了，周末才回市里！"

"新大洋？不错的单位啊！"老板娘笑着说，"那这位是，国际友人？"

"不，我是中国人。"瑞琴忙摆手，开腔说道，"新洋的同事。"

"大姐，我拎壶开水去了。"

"好，知道了。"

新洋挪开半掩半闭的房门，一股潮湿混杂着腐烂的气味呛入鼻孔。四张上下铺的架子床分列两侧，中间的过道狭窄得容不下三人并肩行走，各式生活用具杂乱地堆放在门边，一推开门，总听到这个塑料杯、那个塑料桶晃动的声响。

瑞琴推开对面那间房间，探头进去，黑得伸手难见五指，一张低矮的书桌上堆满了书籍，一盏微弱的台灯散发着萤火虫般的光芒，混浊的空气，没有窗户，只有一个疲累、瘦弱的趴在书桌上睡着了的身影。

"嗨，我回来了，姐妹们！"新洋欢笑着。

"这么久上哪鬼混去了？"袁玥的话毒。

"我告诉金霞，让她转告大家，我进新大洋国际高中了！"新洋委屈地说。

"她整天早出晚归，周末一大早又去见男朋友，哪有工夫代你转告！"袁玥如连珠炮一样说，"回来了就好！"

李楠伸出头来，露着憔悴的眼："你身后是哪位？"

"哦，忘了介绍，Rich，瑞琴，单位同事。"

"秀丽上哪去了？"新洋问。

"还能上哪去，八成是找地方哭鼻子去了！"彤梅阴阳怪气地说。

"喂，对面哪位？"瑞琴好奇地问。

"嘘，小声点！"袁玥挪了挪，拍了拍挪出来的空位，"上这儿坐吧！"

"一个北大考博生！"袁玥慢吞吞地说，"听老板娘说，在那暗无天日的小房子里住了好几年了！"

"我出去一下，你们聊吧！"新洋一边说，一边往门外退。

"干吗去？"瑞琴慌忙问道。

"甭问了！这一个星期没吃上酱包肉了。八成是犯馋了！"袁玥半讥半笑地说。

"知我者，袁玥也！"新洋笑着退了出去。

"喂，新洋在那怎样？"袁玥问瑞琴。

"她，挺好的，就是有时候慢吞吞，有时候又急如星火，没个准。"

"她问的是那个！"彤梅解释道，"她是八卦大本营，花边新闻记者。"

"那个，还真有！"

"真有，这么快！"袁玥、李楠、彤梅都惊呼起来。

"快给我们说说！"

于是，瑞琴就把新洋怎么认识李灵珣，怎么对李灵珣犯花痴连比带画、一五一十地说了出来。

新洋怀揣着一大坨酱包肉进公寓门时，瑞琴、袁玥拍着手说："新洋新洋，入新大洋，爱上灵珣，非同凡响。"

"你，你们，你们坏！"新洋气愤地直跺脚，"亏我还买这么一大块酱包肉给你们吃，我，我不给你们吃了，我一个人吃！"

"喂，别！我们没恶意！"袁玥笑着搬了条方凳，"搁这吃！"

"八字还没一撇呢！你们胡说！"新洋一边搁好酱包肉一边喊着，"姐妹们，各抄家伙，开吃！"

"喂,新洋,这么快就给自己找了个伴。"袁玥把新洋堵在公共卫生间门口时扯住她说。

"我和那教官李灵珣真没什么,话也没说上几句!"

"等八字都有两撇了,才肯认,是不是?"袁玥调侃道。

新洋真想痛痛快快和李灵珣爱一场,放下所有束缚,放下所有顾虑。爱一场,不求权势,不求钱财,只求对方爱她像她爱对方,弱水三千,只取一瓢饮。偃鼠饮河,满腹即可。那彼此眼中唯一的彼此,容不下其他人,那对对方强烈的渴求和至死方休的欲望,一生曾经有过,死亦无憾。曾经爱过,被爱过,或许不能相守此生,即便余生在思念的残烛中度过,也足够。

第四章　李楠的秘密

冬日的严寒像湖面上的冰层一厘米一厘米地褪去,露出春日的新鲜泥土。

"暖气咋停了?"设计女李楠露出苍白的脸色,懒洋洋地问。

"你的脸色很白,嘴唇渴得冒火似的,不舒服吗?"刚推门进来的新洋问道。

"没事儿。估计是暖气停了,冻着了。"李楠目光闪烁不定地敷衍着。

新洋走到走廊尽头的开水房,盛来了一杯温热的白开水:"起床,抬起头来,喝下去。这都躺了一整天!"

"什么一整天? 她呀,被钉在床上了,都四五天了。"记者女吐着满口的牙膏泡沫,嘟囔着说。

"袁玥,一边去!"正喝着温开水的李楠激动得险些被呛到。

袁玥吐了吐舌头,耸了耸肩,远远地去走廊尽头漱口。

"她咋了?"新洋蹑手蹑脚地走过去,轻声问。

"什么咋了?"

"你说什么咋了? 身体咋了?"

"她呀,发情痴,无药可救了!"

"什么情痴不情痴?"新洋佯怒道,"她身体究竟得了什么毛病?"

"她壮得像头牛,能得什么病?"袁玥凑近新洋的耳根,"八成是怀上孩子了!"

新洋被这猛料震得愣住了,好一会儿回不过神来,又往这上面想去,越看越像那么一回事了。

"没听说她结婚了呀!"

"你脑袋缺根筋! 在这偌大北京,多少外地女孩梦想和自己的老板,根正苗红的北京爷们,身家千万的富豪结婚!"

"她……"新洋把涌上来的话咽回肚里。

"并且……"袁玥神神秘秘地凑近新洋,"待会儿我和你发短信。这傻妞儿,简直没药救!"

"嘀、嘀、嘀",手机短信铃声响起。新洋急忙脱下衣服,钻进被窝,盖住脑袋翻看着。"那情痴中意的对象是个已婚男,我通过报社朋友多方打探以及踩点蹲守,甚至拍到了他一家三口的全家福。这事儿,李楠可能完全蒙在鼓里,还以为碰上大款了呢!"

"这么严重!"新洋目瞪口呆地发了这一句。

"何止如此。他老婆美若天仙,还是大学老师,况且是亿万身家富豪的独生女!"

"唉。"

李楠翻了翻已不甚灵活的身子,抱怨道:"都大晚上了,你们几部手机消停消停,行不?"

"孕期躁狂症。"新洋发这条短信时,收到袁玥这句她本想说的话。

地铁轰隆隆地呼啸而过,像一股地下洪水涌进狭窄的河道。巨大的轰隆声仿佛想要冲破地层的束缚,震得床板摇动不止;又好像一条暴怒的巨龙,不甘于不见天日地穿行于黑暗的地底,用那尖锐的羚角横冲直撞。

窗外的风摇曳着树条,刮过夜空的静谧,喊醒了沉睡的土地。赤橙黄绿青蓝紫的汽车像流水般涌动不止,那碧绿的松树像卫兵一样矗立着。

新洋看着李楠苍白而发黄的脸好想将真相说出口,但又担心她受不了这打击。长痛不如短痛,与其让她继续痛苦,不如让她一次痛苦个够。

生活中面临的种种痛苦不过是人生中的劫难,而情劫是最难逃脱的。越过爱,多么艰难,即使这份爱会伤得自己体无完肤,会让自己身败名裂,会让自私的相互拥有的渴望成为建立在他人痛苦之上的罪孽,只因爱过、哭过、痛过、伤过、撕咬过、折磨过、亲抚过,所有的所有,像一帧帧进入记忆的图像,注定与生命共长短。只因爱过,那像绚烂的烟花一样短暂的片刻,让余生去嚼一颗永不褪味的槟榔。

只因爱,谁会是谁的劫,谁又知道?

爱是一个欺骗人类的美丽名词吗?多少纠缠、多少羁绊、多少辛酸、多少伤痛,为何却无法割舍?放下所爱,远比爱着——痛苦地爱着更加痛苦。

"由她去吧!"新洋轻叹了口气。

平静的日子像流水一般悄无声息地滑过,想在这平静中寻出点动静的念头像蛊一样植入了那片狭小的公寓室友的脑子里。

　　"新洋,我找到了那负心男人的联系电话、住宅地址、公司地点、出差时经常入住的宾馆。"一个周末的午后,袁玥兴奋得像漂泊海上的哥伦布发现了崭新的陆地一样,挥着一张纸片,冲着新洋走来。

　　"你小点声,她还在床上躺着呢,十天半个月了,受刺激够大了,你还刺激她!"新洋嗔怒着。

　　"那咱出去吃炒饭吧!"

　　明净的餐桌上坐着三三两两的人群,店老板娘招呼着,漾着亲切的微笑。新洋瞅着那整洁的菜单,翻来覆去地看着:"油淋青菜要十五块。"她把菜单递给袁玥。袁玥也翻来倒去地看着。

　　"有蛋炒饭吗?"新洋怯怯地问。

　　"有的。"老板娘善解人意地答道。

　　"两份蛋炒饭。"袁玥拿定了主意似的说道。

　　"喂,我和你说,那家伙叫杨灿,身高一米八三,腰粗膀厚,咱俩都拧不动人家一只手臂!"

　　新洋惊慌地说:"谁要去打架了?"

　　"那就只能出文招了。"

　　"啥招?"

　　"美人计。"

　　"上哪去找人施美人计?"

　　"不用找,就你!"袁玥伸出手直指着新洋。"瞧你眉细如蛾,眼若清波,唇似甜枣,肤如脆梨……"

　　"得了,得了,浑然一个水果摊了。"她直直地挺着不甚丰满的胸脯,"为了好朋友,两肋插刀尚且不辞,区区皮囊算什么!"

　　"那可不成,咱一群人陷了一个进去再搭上一个,算个什么事儿,可不美了他!"袁玥接过热腾腾的炒饭,含着满口的饭粒。

　　"你说到哪去了? 我只是说舍了这副皮囊去认识他,谁要搭进去!"

　　"说得你那身肉有多值钱似的! 北京城里的美女那是一抓一大把。你还舍了那身皮囊呢,人家还未必肯认识你!"

新洋把端着的碟子猛地放在餐桌上:"戴高帽的是你,泼冷水的也是你。你别来找我干那事,要去你自个儿去!"

"我当然会和你一块儿去啊,怎么会送羊入虎口呢!"看到新洋发怒了,袁玥连忙解释。

"那你到底有什么安排?"

"我以报社的名义去做一次专访,你以助理身份陪同。"袁玥很有把握地说,"后面的事儿,他见了你,一定会主动的!"

"你疯啦!被领导知道你以报社的名义招摇撞骗,不炒了你才怪呢!"

"没事,我已经将他的专访向领导做了汇报,得到了同意。别的事情,是你和杨灿的事!"

"你又来了,把这瞎扯到一块! 这是李楠和杨灿的事,咱是去探信儿的!"

"买单。"袁玥扬了扬手,掏出自个儿那份饭钱。

傍晚的风吹拂在新洋的脸上,她也说不清是冷还是热,只觉得两颊红得像涂抹了辣椒粉一样发烫。

刚走到寝室门边,听到一阵细得如同蚊子鸣叫般的哭声。推门进去,李楠依然昏睡未醒,哭的是秀丽。

"怎么哭了,秀丽?"袁玥低下头问道。

"她刚考完博士生入学考试。英语科目只顾着答题,结果交卷铃响了,答题卡才涂到一半!"金霞从床上翻过身子,面朝她们说道。

"没啥大不了的,明年再来考!"袁玥安慰道。

新洋扯了扯袁玥,示意她安静。"这时候,除了让她一个人静静地哭出来,还能做什么呢?"新洋回忆起早出晚归、风雨无阻的秀丽那背着双肩背包的瘦弱的背影,鼻子酸酸的。

许多事情既然选择了去做,接受失败的磨砺才能体会到成功背后的辛酸。大浪狂波淘尽无数沙砾,红尘滚滚淹没多少豪杰。寂寞苦守流金岁月,等待蜕变成美丽动人的蝴蝶。庄周梦蝶的超脱冲淡不了数载艰辛所交的一张未完成的答卷。过程与结果这种东西如同孵化的蛋,是小鸡,还是臭蛋,有天上地下的分别。谁能不在乎,不伤心垂泪呢?

夜色甚深。窗帘外那点点星光照在公寓里翻来覆去、辗转难眠的单薄而无助的女子身上。星星宠辱不惊地眨着若无其事的眼睛，旁观着沧海桑田，悲欢离合。

袁玥一大清早翻箱倒柜，把整个衣柜里的衣服翻了个底朝天。红的、黄的、绿的，各种奇异的衣服铺在床上，像铺了一层孔雀羽毛。

两眼满带惺忪睡意的新洋顺着上铺的铁梯缓缓地向下，撞在一堵高大结实的肉墙上。她惊呼一声："你干吗停在这里？"

兴奋得脸颊发红的袁玥举了举手中的毛衣："这件毛线纱搭配这条藏式风情的披肩，怎么样？"

"不怎么样。你那披肩与其说藏式风情不如说波斯风情，奇异的骆驼纹。那毛线纱又是粗笨的式样。"

袁玥扔掉手中的毛线上衣，拎起了一件双排扣的长款风衣："那这件如何？"

"设计简约，落落大方，很适合。但是你难道没有发现那颜色已由土黄褪成黄一片、土一片、灰一片、白一片吗？"

"收起你的伶牙俐齿吧！"袁玥拿起一件金黄色的驼毛外套，向前甩了甩。

"别，春末穿这不嫌臃肿？"

"那你过来看看，所有的衣服都在这！"袁玥沮丧地坐在一堆衣服中间，像误入孔雀林的鸵鸟。

"今天是什么大日子，犯不着折腾这些颜色、式样都过时的衣服吧？"新洋用看热闹的口吻问道。

"还不是为了那个人的专访，刚才那衣服都是给你挑的，你才是重头戏！"

"那，这事，你给我买一套衣服不就得了，你那体形的衣服穿在我身上，不成了袋鼠妈妈？"新洋一边说着，一边得意地坏笑起来。

"你以为做个专访能发多少奖金吗？还买衣服？"

"喂，那你想想花边头条新闻能有多少掌声哦！"

"你这个精灵鬼，来抠我钱袋，你不知道它多瘪！"袁玥诉苦。

"我只听到你钱袋里叮叮当当的响声响得震痛了我的耳膜。"新洋贼贼地眨着眼睛。

"不和你贫嘴,咱赶快去买,然后直奔专访地点。今天日程很紧,你把脸给收拾干净!"

西单街道两旁各式商店鳞次栉比。红绿黄交替的信号灯像一列守卫边疆的卫兵眨着炯炯发亮的眼。

新洋一边静静地走在袁玥的身旁,一边不停地打量着街道两旁的商店。她看见一家咖啡厅橱窗里挂着招聘服务员的木牌,拽住袁玥,附在她耳边密语。

新洋扎起乌黑的长发,穿起宫廷屋瓦那般红色的西服套裙,端起盛着各种咖啡的盘子看。负责招聘的主管问她的学历,她支支吾吾地说:"高中读不下去了,没毕业。"

"专心点。"大堂主管盯着新洋东张西望的眼珠,板着脸训道。

新洋低着头,内心愤恨不已:"真会揽事儿!李楠肚子大了关我什么事!跟着瞎掺和!还出个偶遇的馊主意!"

"有顾客来了,还不快去!"新洋像沮丧的公鸡抖不起身上的羽毛,眼珠直盯着脚趾头,像被万斤重担压在头顶,步履沉重地拿着咖啡单走进厨房里等待。

时间漫长得如同一只蚂蚁拖着一个重物走在遍布芝麻粒的地面上。等待如同一根半长不短的鸡骨头卡在喉咙里,吐,吐不出来;咽,又咽不下。

"愣什么呢!还不快端去!"咖啡调配师对新洋大呼小叫。

咖啡的热气喷到了她的眼珠,她想放下盛满滚烫咖啡的咖啡盘揉揉发涩的双眼,可不敢。新洋恍惚看见一只红色高跟鞋一晃,随即听到一声惨叫,那惨叫像白天里撞见自己亲手送进棺材的人一样。新洋趴在地上,听到一阵尖刻的抱怨:"瞧瞧,这端的什么盘子!这外套是进口意大利限量版,这毛衣是上好的驼毛!哎呀,这手表也浸水了,我的爱马仕皮带……"新洋撑着身子爬起来,眼睛黏糊糊的,睁不开。"小姐,你、你……"

大厅主管半弓着腰,拿起纸巾不停地擦着那位烫着的男士胸前的咖啡残汁:"对不起,这服务员是新招来的,笨手笨脚,伤着您了!您伤哪了?要不,我给您瞧瞧!"

"您看,这服务员咱店刚招进的,也不知道咋这么冒失!就交由您处置吧!"

"喂,你准备怎么处置我呀?"刚走出咖啡厅大门的新洋胆怯地问。

"袁记者,我的上衣弄脏了,你原本想找处舒适放松的地方拍照的提议挺好,就没料到碰到这么冒失的服务员!你今天先回去,改天另约!"他扭过头,低声对袁玥说,完全没看见新洋窃笑的脸。

望着袁玥远去的背影,新洋被一双猛烈的大手扯进了一辆大轿车内。

"他要干吗?"新洋的心像鼓在敲,"不会吧!车震?这进展也迅如电光雷火吧!他是谁,我一清二楚;可我是谁,他却一无所知!怎么能对一个认识不到半小时的人这样!"

"快闭上眼睛!"他气喘如牛,浓重的鼻息喷在新洋的脸颊。他的语气坚定,仿佛侠士般大义凛然,并且透着不容拒绝的威严。

新洋偷瞄了他那方正圆润的嘴唇,乖巧地合上了既涩且胀的双眼。一团冰冷的棉花球状的东西在她额角轻拭。绝对不是温热柔软的唇!他在做什么?

"好了,睁开眼!"新洋看见车厢里的他正在用镊子把棉花团扔进垃圾袋里。他小心翼翼地合上简易医药箱,眼神专注得如同手术台前握着手术刀的医生,她不敢看他的眼睛,那明眸下的纯净使她的邪念显得污浊不堪。

"你的伤口处置好了,过上几天,痂落皮长,就和从没磕到过一样。接下去,该处置我自己的事!"

"谢谢你。"新洋急忙把脱口而出的话咽进去,"你、你,我还不知道你叫什么?"

"杨灿,阳光灿烂的谐音。"

"是真名吗?"新洋明知他叫这名字,故意问道。

"名字不过是个代号,没什么真假。你叫什么?"杨灿一边转着方向盘,一边问。

"我叫新洋。"新洋看着车窗外一闪而过的广告牌说道。

新洋望着他棱角分明的侧脸,觉得心里头像一万只蚂蚁在噬咬,只想扑进他的胸膛,把那颗奔突不定的心压在他那沉稳平缓的心上,让那颗如止水的心也奔腾、欢跃。"我这是怎么了?怎么了?"她想冲出车门,一分钟、一秒钟也不想与他待在这个封闭的空间。

杨灿沉稳地刹住了车,不紧不慢地打开车门,让新洋下车。

高耸入云的楼宇让新洋一阵阵眩晕,橱窗里的红翡绿翠让她目眩,那些款式各异、异彩纷呈的衣服让她发狂,简直想脱尽身上臃肿不堪的衣服,一件件地上前试穿,然后耀武扬威地走在光洁如玉的马路上。

马路上的尘土像被纯净的雨水涤荡过一样,那些规矩错落的高楼像一只只振翅欲翔的飞鸟,又像一丛丛拼命汲取土地水分的沙漠灌木丛。

"你还愣着干什么?"杨灿的声音像惊雷撞进新洋的耳畔。她像被一头华丽的怪兽吓破了胆囊似的,泛着苦味,那些陈设柜上商品的价格标签使她的眉头扭成了一个结。

"你看我这身怎么样?"

新洋仿佛被灼热的太阳光刺痛了双眼。他穿着粉红格子的衬衫,壮实的肩膀将那衬衫撑得像爆米花一样。他向新洋露了露那条纯牛皮的棕色皮带。

新洋顺着皮带看,不经意看到他那浅铜色的裤子的裤裆。她慌忙低下头去,嗔怒道:"你有完没完!"

新洋被"胁迫"着走向收银台,眼色苍白得和西方电影里的吸血鬼并无二致。"还什么企业新星,民族经济振兴的中流砥柱!实际上就是个恃强凌弱、得理不饶人的败类、社会渣滓!"她心里暗骂着,却不得不露出灿烂的笑容。

"笑!你当你是褒姒,一笑倾人城,再笑倾人国,一笑值千金吗?"杨灿迅速递上早握在手中的信用卡。

"先生,您的消费金额超出信用额度了。"收银台后一阵索债鬼似的声音传来。

杨灿满脸尴尬,古铜色的方脸涨成了猪肝般酱紫,他慌乱地在随身的手提包里找,好像包里能找出钱来。

滴答,滴答,时间的钟鼓仿佛敲击在新洋的心上,杨灿的慌乱和尴尬使她心里揪得紧。

"试试把不足的部分刷我这张卡。"

"没有透支。"收银台后的姑娘如释重负地露出一排整齐的白牙。

见钱就笑,这些挂着各国文字的名牌不知让她提成了多少?瞧那快乐得合不拢嘴的模样!我的钱,哦,我的钱,我三年勤工俭学,周末和寒暑假补课攒下的钱！那给中学生上三五十块钱一节课挣下的钱,我的血,我的汗！新洋一声不吭地坐进车里,忍住夺眶而出的泪。唉,算了,就当作泼咖啡,烫坏他衣服的赔偿吧！

杨灿尴尬地苦笑着,仿佛新洋是债主,不得不赔着笑容。

"我坐地铁回去。"新洋感到快要虚脱了,再待一分钟就要哭出来。

袁玥踉踉跄跄地走进公寓,朝新洋笑着。

新洋看到袁玥脚下那一双红色的尖头皮鞋,气不打一处来。

"怎么样?"

"怎么样? 你倒好意思开口?"新洋像吃了炸药似的咆哮着,"你瞧瞧我脑门上磕的,都流了一大摊血,你还跟个没事人一样,走了！"

"我看看。"袁玥撩开新洋的刘海,"包扎了? 不像专业的手法,他为你包扎?"

"嘘!"新洋压低了声音,想到磕破额头换来了杨灿的包扎,刚吃下的炸药仿佛没炸。

"真的是他亲手包扎的!"

"哎哟。"袁玥伸出摸伤口的手触得新洋痛苦得叫出声来。

"你怎么了?"气色苍白的李楠从被窝里伸出头来问。

"没事!"袁玥和新洋异口同声地回答,同时不约而同地向门外退去。

在嘈杂的大街上,来往车辆的车辙声淹没了鼎沸的人声,新洋和袁玥像菜市场的大妈一样相向吼叫。

"你和他做了吗?"

"做? 做什么?"

"装什么清纯!"

"我不明白。"

"他都动手帮你包扎伤口了! 你没有和他上床?"圆睁着双眼的袁玥仿佛打翻了的醋瓶子。

"该紧张这个问题的人是李楠,楠楠,不是你,袁玥!"

男人和男人之间的争斗往往是为了美人,而女人与女人之间的争斗,又何

第
四
章
　
李
楠
的
秘
密

尝不是为了男人！何况，杨灿是高大、俊朗、有社会知名度的男人。

新洋闭口不说的态度令袁玥气愤万分："我担心陷下去一个李楠，又陷下去你！"

"算了吧！你担心自己不跌下去就够了，我的事，轮不到你管！"

"你现在和床上躺着的那个人一样固执，一样一意孤行！他让你着迷了，是不是？"

"你想多了，袁玥。"新洋揉了揉眉头。

"好吧！"

新洋和袁玥木然地看着熙熙攘攘的人流，完全没有发现不远处站着的李楠和她脸上一粒粒滚落的泪。

第五章 "剩女"单相思

这个夜,像永远走不出的迷雾。北京大学旁的这间北漂公寓里的几个女人都辗转难眠。床板底下的地铁隧道里一阵阵轰鸣传到地面,像地震一样,新洋在如同摇篮般摇摇晃晃的床上睡去。

她赤着双脚在丛林里奔跑,疯狂地跑着,一刻不停地跑,新洋很想从这样辛苦的梦里醒来,却怎么都醒不过来,她想弄清楚梦中的自己为什么奔跑,但怎么也弄不清楚。她不停地奔跑着,奔跑着。哦,她看明白了,她在追逐一条龙,一条浑体青绿的龙,一条不断在丛林中游动的青色的龙。她奋力追赶着那条龙,一会儿伸手可触,一会儿消失不见。青龙在新洋的四周盘旋游动。丛林高大的树木投下浓密的绿荫,她分不清哪里是龙,哪里是树,她困惑了,疲倦了。远处隐约出现一座桥,她累得顾不上那条龙,直奔着桥而去。在她快跑到桥面上时,那条龙化成一个穿着绿色制服的男人,她一下子停不下快速奔跑的脚步,一个箭镞似的撞了上去。她的双手可以触到他宽阔的双肩。

新洋醒了。她睁开双眼,望着苍白的墙壁,她确确实实醒了,没有龙,没有丛林,没有桥。她想睡去,进入那场美梦中去,在美梦中醉去,但愿一醉不复醒。

她用力紧闭双眼,想睡去,眼睛里却像有一万只跳蚤在蹦腾着,不断撑开那沉重的眼皮。她只得圆睁着眼,瞧那苍白的墙壁,那巨大而空洞的黑暗。

"瑞琴,你说那教官怎么好像不搭理我。"新洋蹲坐在床上,剪着指甲问。

"你怎么每天脑子里都是这些事儿?"

"唉,你一副无欲无求的神仙模样,不和你说啦!"

"你也别老在这瞎想,喜欢人家就采取行动!"

"行动?"

"约人见面,或者吃饭!"

"可这未免太主动了!"

"是你喜欢人家,又不是人家喜欢你,你不主动,谁主动?"

"可是……"新洋想说什么，却什么也说不出来。

体能训练课上，新洋坐在树底下，直着眼看李灵珣带着一群学生向左转，向右转，向后转，他像率领千军万马的将军一样英气勃发。新洋瞧着他那愣头愣脑的混沌模样，打心眼里喜欢。又看着他玉树临风的身姿，宽阔结实的胸膛和笔直的腰杆，她真想伸手去摸他，从发至趾，一寸地方都不放过。

新洋便走到李灵珣身边。他正和教官团的一群人抽着烟，像在品尝着新鲜的玩意儿，仿佛新洋自己小时候背着爸妈偷抽屉里的糖吃。

看到新洋走近，李灵珣打算像其他人一样远远退开。

"喂，李灵珣教官。"

他停住了脚步，像犯错被逮住的孩子一样。

"你看，"新洋指了指列队稍息的阵列，"排头兵又矮又瘦，向右看齐的时候，眼神向下垂。"新洋拿右手抚着自己的左肩，比画着，"后面的学生总得垂下来看右侧比自己矮的学生。中间高，四面矮，这又不是堆粮垛！"

新洋半晌没听见李灵珣出声，甩头望去，他顺着她的右手，朝着她的左肩瞧，他的眼神仿佛在细数她手臂上的细毛，一根一根地向前数。她很生气："我同你说正经事呢！"转念一想，又很得意，他对她的渴望像掀开新娘的红盖头的新郎。

"喂，晚餐能坐一块儿吃吗？"

"能啊，怎么不能！"李灵珣憨憨地笑了。

窗明几净的教职工餐厅里，新洋和李灵珣在靠窗户的座位上相对坐着。

新洋满足地笑着，春风满面："你老家在哪？"

"辽宁。"

"我江西来的。这世界真小，你在天之北，我在天之南，相隔万里，居然在新大洋碰上。"新洋絮絮叨叨地说着，差点就要说出"你和我是不是有缘"这话，忙闭嘴，只一个念头那般闪过，便兀自笑了起来。

"你怎么老是笑个不停？"李灵珣纳闷地问。

"没事，我没事。"她一边笑着，一边迅速地往嘴里扒饭，堵住涌出去的话和掩不住的笑。

"这么快就回来了。"瑞琴见新洋三步并作两步地走进房间。

"嗯。"

"怎么样?"

"没怎么样,就吃饭,吃完饭在楼底下说'明天见'。"

"嘟,嘟,嘟",急促的敲门声响起。

新洋立在门口,回转身打开门。

教官团里的一个人。

"找我什么事?"瑞琴难掩狂喜却又故作愤怒地问。

"你们认识?"新洋指着问。

"鬼才认识他!"瑞琴扭过脸。

"我不是来找你,来找她。"他指了指发懵的新洋,"你跟我出来一下!"

"我跟你不熟,跟你出去干吗?"新洋紧张地抓住门把,生怕眼前的彪形大汉生拉硬拽把她拖走。

"我先自我介绍一下,我叫杨松,杨树的杨,松树的松。"他郑重其事地说,"我来找你是希望你与我兄弟李灵珣保持合适的距离。"

"他让你来的?"新洋强忍住泪水,"怎么这样! 一边和人家高高兴兴地吃饭,一边让兄弟来断绝来往。"

"他不知道这事,我自个儿来的!"

"这是我和李灵珣教官之间的事,关你什么事!"新洋对这个莫名其妙的不速之客提高了嗓门。

"我兄弟的事就是我的事!"

瑞琴从门缝里钻出来,骂道:"你个大头鬼,瞎嚷嚷!"

"不关你的事,你给我进去!"大头鬼杨松发号施令地说。

"别进去,Rich。"新洋见瑞琴瑟缩地往回退,伸手拽住她,"好你个杨松,好怂,一副怂样子,管兄弟,管我姐妹,还管我! 我和李灵珣的事是我们自己的事,你要拦着,你是 gay 吗?"

"我,gay? 我,我不是!"杨松怒气冲冲,语无伦次。

"他不是。"瑞琴小声地说。

"别替他说话,你又不是他,你怎么知道他不是!"

杨松气急败坏:"你,重口味! 你,恋童癖!"

"你说什么?"

"重口味,恋童癖!"杨松往地上啐了一口,掉转头就走了。

"什么是重口味? 什么叫恋童癖?"新洋迷惑不解地问瑞琴。

"这大头鬼! 口味重,是指菜放太多盐巴、酱、醋之类的! 恋童癖是说你特别喜欢接近儿童,喜欢小孩子!"

"我是喜欢味道浓的菜,也喜欢小孩子,可这和喜欢李灵珦有什么关系?"

"别想啦! 理他个大头鬼!"

新洋躺在床上,思索着,辗转难眠,无数个声音在她头脑里打转,一会儿和李灵珦欢声笑语,一会儿被杨松痛骂。

第二天体能训练课上,李灵珦将阵列调整得外高内低,一副示强于外、藏拙于内的架势,笑意盎然地朝着新洋瞧着。

新洋毫不理会李灵珦的笑容,气不打一处来地问他:"你多大啦?"

"十九。"

"什么,十九岁! 你不是都退役一年了吗?"

"我小学毕业,初中没读完,十六岁入伍,今年十九岁。"李灵珦自报家门,陈芝麻烂谷子,一股脑儿倒尽。

我什么眼光! 新洋骂着自己,还以为人家二十五上下年纪呢!

"你多大了?"李灵珦反问道。

"我都奔三了,小学、初中、高中、大学、研究生,一路念完。大学毕业还在乡镇中学待了几年。"

"女大三,抱金砖;女大五,赛老母。"李灵珦满脸不介意地说。

我赛你个老母! 新洋肚子里恶狠狠地骂道,我大你的岁数比你赛老母的岁数还大!

"你先忙着,我四处瞧瞧,看看别的方阵练得怎样!"新洋换上公事公办的面孔,有板有眼地说。"怎么搞的? 撞上个小屁孩!"她嘀咕着朝瑞琴走去。

"Rich,我惨了!"新洋哭丧着脸。

"咋了?"

"人家才十九岁,我都快大人家十岁了,这是哪门子缘分!"

"有感觉就去把握,什么年龄,不是问题。那个大S徐熙媛比她老公汪小菲大几岁，不是吗？何况，你俩也只是拍拖，还不至于婚嫁呢！"瑞琴支持她，给她打气。

一个中层管理干部走到新洋前："江新洋，分管校长叫你去他办公室一趟。"

"哪个分管校长？"

"分管教官的。"

"教官团团长！"新洋和瑞琴齐声惊呼。

新洋像戴着五百斤脚镣般向前挪，用"风萧萧兮易水寒，壮士一去兮不复还"的眼神向瑞琴诀别。

教官团团长的办公室门敞开着，进门能看见一方与门同宽的木制屏风，屏风上雕镂着百鸟朝凤图。新洋绕过屏风，一间宽敞明亮的办公室豁然入目。教官团团长坐在硕大且修长的办公桌后。"江老师，你来了！"他站起身来，示意新洋入座。新洋看了看他虽逾五十却依然挺拔的身姿，心里头一震，俨然成年版李灵珣，哦，不，成功版李灵珣。

"来新大洋，还习惯吗？"

"这儿挺好的，我挺习惯，谢谢领导关心。"新洋口头上随意地应答着，心里头却几万只小鹿在草原上撒野一般。

"江老师，当老师最重要的是什么？"教官团团长若有所指地问。

"知识扎实，亲近友善，热爱教育事业。"新洋像背顺口溜。

"不，最重要的是为人师表，注重师风师德的锤炼！"教官团团长字如金石，掷地有声，"教师的一言一行都潜移默化地影响学生的成长。"

新洋不明所以地朝着教官团团长看着，脑海里将最近发生的事情像影片一样放映一遍，前进，倒退，倒退，前进，没做过什么有违师表的事情啊！渐渐地，李灵珣和她在餐厅有说有笑的图像浮上来，定格，"大概说的是这事吧！"

"青春期的少男少女最会模仿，所以本校严禁任何人恋爱，江老师。"教官团团长语重心长地说，"有些事，想想是可以的，却不可以做。"

新洋直视着他办公桌右侧的一方观赏石，仿佛那石头里面藏着金银珠宝，唯唯诺诺地点了点头。

"马上就要开始我校一年一度的庆'六一'儿童舞蹈大赛，你要把主要精力放在这场比赛上，这是你日后去留的主要衡量标准！"

"嗯,谢谢领导善意提醒,我一定全力以赴!"新洋咬了咬下嘴唇,对教官团团长鞠躬道别,退了出去。

刚走出办公室,新洋就觉得鼻子一阵酸,她狠狠地抽了自己几下,眼泪就骨碌碌在眼眶里打转,她强忍住,拐进了女厕所。什么能想不能做?什么为人师表?不就是一块儿吃顿饭吗?我做了什么了?我做错什么了?吃顿饭又怎么有违师表了!我什么都没干!说得我好像只配想想!难道我是只癞蛤蟆吗?好不容易碰上个喜欢的人,你也拦,他也阻,难道我青面獠牙吗?你们说得好过分,我就那样不堪吗?男欢女爱,我妨谁、碍谁?我们彼此不嫌弃,关你们什么事!新洋捂着胸口,眼泪滴答滴答地落下来。

午餐时,新洋和瑞琴远远地望着不远处的教官团,像桶箍似的围坐着,李灵珣只埋头吃碗里的饭,压根儿不抬头。

周五傍晚新洋整理背包,对被窝里睡得正香的瑞琴说了声:"我周末上北漂公寓待着。"也不管她有没有听见,自顾自走了。

快近校门,远远瞥见李灵珣在跑步,急忙迈开步子,和一群学生鱼贯而出,发怔的李灵珣莫名其妙地望着她似乎在躲谁一样的背影。

新洋趁着夜色闪进了狭小的公寓,里面静悄悄的,却散发出一股檀香的气味。她朝秀丽曾住的那间床铺看去,一抹青翠映入眼帘。一张虽年轻却透着悲凉与沧桑的脸进入了她的眼里。

"你,你怎么了?"新洋看着她的眼角仍挂着未拭去的泪。

"我,我刚来北京,有点,有点……"

"想家了,是吧?"

"哦,不,我没有家,我刚离婚。"

"离婚?"新洋心里吃了一惊,却装作若无其事。

"我在想,"她停了停,"什么是爱?什么是恨?什么是相守?这些问题像无数个谜团萦绕在脑海。站在人生的十字路口,何去何从?一个女人把自己的一生系在一个男人身上,如果遇人不佳,余下的人生又该如何走完?"

"想那些以后的事情,干吗?"

"由不得我不想。"

"有时,我也会想,想自己会不会孤独终老,想自己会不会老无所依……"

"你还年轻,而我却老了,你并不会孤独终老,老无所依。"她哀伤地说,"我刚生完女儿,又放弃了对她的抚养!"

"你干吗这样?"

"他在我怀孕的时候找了别的女人。孩子刚出生就和我吵,故意气我。你知道他有多恶劣吗?他连我坐月子都整夜不回家,在外面和别的女人同居!"

"其实,这个时期发生的通常都不是爱情!"新洋慢吞吞地说,"女人怀孕时,几乎都不具备女人作为女人的功能,而是作为母亲的功能。这时期的男人,通常只是出于动物的本能需要寻觅异性。"

"你不知道他有多恶劣!"她提起往事仍怒气冲冲,"他转移了所有财产,连结婚时我买的家具,他都说是他买的!我离开时,连一双袜子都没带走!"

"稀罕那些东西吗?"

"不稀罕,但是犯错的人是他,我却净身出户!"那个离了婚的女人渗出眼泪来,新洋连忙找到纸巾,递给她。

"不要难过了,别想这些让自己难过的事情!"

"可是,还有孩子。"

"孩子呢?"

"法院判给他了,当时他不让我看望孩子,除非我同意离婚!"

"或许你想错了,他想留住孩子就是想系住你。他只是想,你思女心切,自然会回到他的身边!"

"怎么可能?他是要我走,要么我和孩子都走!你不了解,他就像变了个人一样,像个魔鬼。结婚前,他追我,追得很辛苦……"

她停住了抽泣,没有继续往下说,陷入了对美好过往的回忆中。这或许是爱吧?那些不可复制、无法抹去的美好回忆只停留在那个男人身上。他给过她太多、太多的美好,又给过她太深、太深的伤害。

"那个和他同居的女人呢?"新洋刨根问底。

"她,一个外地女孩,比我小八岁。后来的事,我也不知道。总之,他没有娶她,她或许嫁给别人了吧!"

"那样的女孩,不知道以后会不会在怀孕的时候丈夫也出轨!"

爱情是一个奇妙的东西,仿佛存在,又仿佛虚无。爱得越深,恨也就越深;

反过来说,恨得越深,爱得也就越深。

她说起前夫仍是痛苦不堪,她说他"心狠":"没见过品质这么恶劣的男人。"

"如果感情无法修补,就尝试组建新的家庭。"

她坚定地摇了摇头。

"为什么?"

"不是没有遇到优秀的男孩,而是我不想再生孩子,所以……"

"为什么?"

"在我心里,孩子虽然给了他,但她是我此生唯一的孩子,我不想再生孩子,让别人取代她。"

天啊! 新洋在内心惊呼,她只爱和前夫所生的孩子,为此错过再婚的机会! 她的孩子是她与前夫爱情的结晶,他人不可取代! 她爱她的前夫!

往往有那么一个男人,曾经寄托着你对家庭的所有憧憬和梦想,结果,碎了一地的挚爱之心。往往有那么一个女人,她一生只爱一次,只爱一个男人,却被深爱的那个男人伤得落荒而逃,再也没有勇气去爱。她的生命终止在那场伤害中,余下的,是对那场灾难的回忆。

"他当年跑到我爸单位去骂我爸'老流氓''老匹夫',我妈……"她又哽咽了,激动地站了起来,比画着,"她在我没离婚前,每天满面春风地走过我店门,满足地朝里面张望。我还记得,她总穿着丝绸质的蓝色裤子,很好看。我离婚后,他们的头发都白了。"

"我就是个讨债鬼!"她用方言补充了一句,"讨债鬼!"

"不,你别那么说! 你爸爸妈妈永远不会认为你是个讨债鬼的!"新洋拉起她的右臂,把她拽回座位上。

"你信命吗?"她忽然这么问道。

"命?"新洋不知道怎么回答她,"或许是有的,但是我曾听老人家讲过这样的故事。一个算命先生给两户人家的小孩算命,一个小孩是当大官的命,另一个小孩是乞丐命。结果,当大官命的小孩自恃命好,不学无术,身无一技之长,渐渐沦为乞丐,而乞丐命的小孩发愤读书,高中状元,做了高官。"

新洋急急地补充道:"我还听老人家说,同年同月同日同时出生的人有贵为一品高官的,有贱到樵夫、渔夫之类的!"

"难道命是没有的?"

"其实,我也说不清。总之,多读书,读好书,即使于命运无补,也于人于己无害。'书到用时方恨少',总会有派上用场的时候呢!知识改变命运,这句话是没有错的!"

房间里弥漫着檀香散发出的味道,新洋喜欢这香味。

说起破镜重圆时,她说:"镜虽重圆,但那道裂痕永远还在。"其实她不了解这个典故。说的是陈国被隋朝所灭前,陈后主的妹妹与丈夫摔镜在地,作为日后相会的凭据。后来战火频仍,夫妻被乱兵冲散,天各一方。后因破镜得知对方音讯,最后,夫妻团聚。这个故事说明了"虽然裂痕还在,但镜终究重圆了"。那道裂痕,是历经战火、贵贱而永不磨灭的爱的印迹。

那个离婚女人第二天便走了,她住的是日租房,住一晚算一晚的费用。她像雾一样来,又像雾一样去。

"快给出出主意,姐妹们,'新大洋杯'庆六一舞蹈大赛!"新洋一觉醒来,望着那张已经空了的床铺,也淡忘了她的故事带来的忧愁,发现大家都在,就直奔主题。

"听说很隆重啊!"袁玥慎重地问。

"是的,据说是新大洋一年一度的'校园开放日',还会有社会名流和政要人物前去观看,还有星探、猎头什么的!并且,这次比赛成绩将成为我能否转为正式员工的敲门砖。"新洋欣喜的脸又黯淡下来。

"可是,这些舞蹈活动,我们都外行!"金霞有心无力地说。

"主要步骤和工程设计相似,先定好设计风格,再定舞蹈曲目,最后排练动作。"李楠懒懒地说。

"嗯,李楠,你'不鸣则已,一鸣惊人'!"新洋板凳还没坐热,高兴得像马上投入战斗的爱国战士,"一说就说到点子上了!"

夜幕降临,新洋揉了揉既涩又胀的眼睛,又擤了擤被乌烟瘴气熏黑的鼻子,伸出双手,打了个哈欠,把填饱肚子的快餐盒挪远了些,又埋头搜寻曲目去了。

劣质香烟的气味弥漫在昏暗的网吧里,砍杀怪物的游戏发出狰狞而恐怖的啸吼声,四周的人脸或贪婪,或萎缩,或疲倦,或兴奋。

坐不远处的一个小伙子也正对着手机吹牛："我家在三环的房子就装修好了,这五环外的房子先留着。"一会儿又听见他大声说："想换辆车,手头正开着的奔驰旧了,想换辆劳斯莱斯!"他大着嗓门说话,唯恐周围没人听见。"帮忙找个媳妇,买买菜,做做饭,咱北京爷们不差媳妇挣那点钱!"新洋侧眼瞅过去,这才二十多岁,啥没学会,学会装高富帅!她不堪其扰地站起身,结账走人。

谁爱上当,谁上去!我才不信你一个开奔驰,三环、五环各有一套房的北京纯爷们待在这三教九流混杂的网吧上网!我若有房,肯定会装宽带,买电脑,舒舒服服待家里!新洋径自走出网吧。

网吧外,夜宵摊遍布,叫卖声不绝于耳。

新洋开始想念老家,想念老家的老房子,想念小村庄里自小看老的人。那里寂静如日月天地初生,平静得只有谁家鸡进错鸡窠时才会有争论。天空湛蓝得像刚被水洗过,土地芳芳得像初生婴儿身上的奶香。井水清冷,稻花香飘。

她洗漱完躺在床上时,依然在想家。家乡是个奇怪的地方,拼死拼活要挣脱的地方,魂里梦里却总想回去的地方。

一整只鸡,好香,放了板栗,更香,新洋啃了一口鸡腿,满口的肉汁,浓香逼舌。她啜了两口鸡汤,舒服劲儿自喉咙到了胃里。"慢点,别烫着!"外婆小声地叮嘱着。新洋扎着牛角辫,坐在青石板上,脚丫子拍打着脚底下潺潺的流水,"扑突",她跳进河里,冒了几个气泡,又伸出头来,牛角辫跟猪耳朵一样贴在她后脑勺。

"娃,出去上学要好好读书,给咱江家争口气啊!"奶奶苍老沧桑的声音传来。

新洋又躺在刚割完稻谷的田里和一群小伙伴踢从学校里借来的足球,一群人满身泥浆,却笑语盈盈。

牛角辫没有了,整只肥鸡不见了,泥浆足球不见了,只剩下地铁的轰鸣,小摊贩的叫卖声,无穷无尽的黑暗。

"喂,你们谁醒着?"

"我。"李楠的长夜仿佛是眼泪的长河。

"你帮我想想,哪首歌里有小桥、流水、儿童与欢声笑语的景象?"

"嗯,"李楠沉思了一会儿,"好像有什么澎湖湾之类的,一时也想不出什么歌名！你先睡吧,明天上网查查!"

"是有那么一首歌,歌里有我想表达的快乐!"新洋低吟着,又仿佛回到了梦里,那水乡,那人家,那青石板,那群小伙伴。

"啊,找到了!"新洋旁若无人地尖叫一声,《外婆的澎湖湾》。网吧里那些像地雷一样潜伏的人不怀好意地盯着她,好像盯一只未经世事的小羊羔。

"那沙,那河,那潺潺流水,那挂着老拐的外婆,那稚气未脱的孩童,蓝天白云,小桥流水……"新洋沉醉在这曼妙的曲调中。

"瑞琴,你带的班级拿什么歌曲参加庆'六一'舞蹈大赛?"一回到新大洋的房间,新洋就问。

瑞琴仿佛泪眼蒙眬,新洋很纳闷,瑞琴看上去总是大大咧咧的。

"《蝶恋花》。"瑞琴扯了扯蓬松的刘海遮住眼瞳。

"很伤感的悲情曲调似的,"新洋沉思着说,"听说教官团团长喜欢铿锵风格的舞蹈,但我选的是清新文艺的《外婆的澎湖湾》。"

"谢谢你告诉我。"瑞琴戴上墨镜,往外走。

"你不也掏心掏肺告诉我吗?"新洋觉得瑞琴的感谢有点反常,"这么晚,你上哪去?"

"练舞!"瑞琴蹬着高跟鞋噌地走了。

"稍息,立正!"

"稍息,立正!"

新洋看着李灵珣像训练一群牵线木偶一样,心里头厌烦得像被夏季的蝉鸣搅扰般,他的皮肤在阳光的暴晒下流出一层层的汗渍,宛如冰种的白玉般透明,又像蜂蜜般浓稠,更像春天芝麻里炼出的油那样润泽。

"有那么小吗?"新洋烦躁着,"皮肤黝黑得根本无法分辨他的年龄!不看了,不看了,这三只脚的猪没见过,两条腿的男人还不满大街都是!这害得我无端招骂的李灵珣是什么宝贝,有什么稀罕的!"

体能训练间隙,新洋向班级宣布了舞蹈大赛的消息。

"你们谁有舞蹈基础?"

"我,小时候学过。"旭敏,一个高挑纤细的女生举起了右手。

"那你任舞蹈大赛队长一职,选拔队友十五人。"新洋转头四顾,阵列不显眼的角落有只分明已举起又不想放下的手。

"那个女同学,当副队长,协助队长完成各项工作,今天傍晚之前上交名单,每晚七点开始集训两小时!"新洋走近那瑟瑟缩缩的女同学。她目含秋水,眉若远黛,天然一股怨愁却又不显凶杀之气。

"你叫什么名字?"看到这样羸弱得仿佛杨柳枝般的女生,新洋不忍大声,亲切地问。

"慧芬。"她慌乱地低下头,害怕被人直视般,声如细蚊地说。

"慧芬,好好练舞。"新洋鼓励了她,同时也在给自己打气,"但愿这两个人能选出优秀的队员!"

"江老师,今天他们练得很整齐,你留下来看看?"李灵珣见新洋撒开步伐,准备离开,急忙喊她。

"加油!"新洋甩了句话,像生怕内心的欲望被人窥视般,逃似的走了。

李灵珣摸了摸他那榆木似的脑袋,这女人的脸如七月的天,说变就变。

"一二三四,五六七八,再来一遍,一二三四,五六七八!跟着音乐的节拍走,注意队形!"新洋背着扩音器,声嘶力竭地喊。

"这辅导员发什么飙呀,这十天半个月不停地练、练、练!"舞蹈队里有人小声抱怨。

"你小声点,别被听见,听说她受情伤太重,一肚子火呢!"又一个人接上话。

"你们嚼什么舌头,各做十个俯卧撑!"新洋把那两个挤眉弄眼的同学拎出来,饶有兴味地看她俩做俯卧撑。

"喂,江老师!"

"嗯。"新洋回转头来,杨松像棵大树一样矗立在操场角落里,身后高高的教学楼像塔一样,在这座塔的侧面,瑞琴的《蝶恋花》在哀婉凄美地吟唱。

"你过来一下!"

新洋环顾了正在排练的学生,慢吞吞地走近杨松。她特意寻了处青柏树来拦住学生好奇的眼光,挡住他们窥私的视线。

杨松怒不可遏地问:"你在玩什么把戏?"

"我没玩什么把戏。"

"欲擒故纵?忽冷忽热?"

"我不明白你在说什么。"

"我兄弟李灵珣,你这个月对他不理不睬。他吃饭不香,睡觉不踏实,晚上说梦话都是你的名字!"

新洋目瞪口呆地听完杨松的控诉。

"他就像刚下山的和尚,见了个女人就一心一意去喜欢!"杨松顿了顿,"他就是个孩子,乳臭未干!"

杨松猛地上前,把新洋抵在柏树上,噙住她的唇深吸,双手缚住她的脖子,新洋扭动着,整棵树被摇得乱晃。

"这才是真正的男人呢! 你要玩,玩我啊! 我经得起你玩,你别折腾一个孩子!"

"啪!"新洋抽出手,给挺胸而立的杨松一巴掌。

杨松愣住了,新洋也被自己不知道哪里来的勇气震惊。"你神经病,你莫名其妙横插一脚! 我跟他好,你要拦;我不理他,你说我玩他,你不可理喻! 我玩不起,更伤不起! 你离我远点!"新洋指着杨松,破口大骂,抹着眼泪冲回住处。

"杨松,你这流氓、无赖、混蛋、下流坏子!"新洋缩进被子,不断地用那被单擦刚被强吻的嘴,"呸,呸",她吐着唾沫,不时爬起来刷牙、漱口,巴不得去洗胃、洗肠。

瑞琴一声不吭地回到房间,心事重重地倒在床上,像浑身的劲儿被抽走了,只剩下空荡荡的、不知所归的躯壳。

新洋看了看自己浮肿的眼,轻声叹了口气,她又看了看瑞琴,眼睛肿得像小山丘一般高。难道肿了眼的人看别人眼睛也会是肿的吗? 她走到瑞琴跟前,从她的侧脸看去,眼眸肿得像一对小馒头。她头也不回地侧着脸,装作没看见新洋嬉笑的脸。

"我吃错药了,"新洋恨不得抽自己一个巴掌,"拿热脸去贴她的冷屁股!"

这半个月,新洋受了极大挫伤,几乎茶饭不思,但把全部精力铆足了,发泄到舞蹈排演上。

"老师,我闹肚子,想请体能课的假。"

"老师,我的头发晕,想在体能课上休息。"

"老师,我的脚扭伤了,体能课,可不可以不上?"

学生隔三岔五地挨着请假,像约好了一样。

"找你们教官请假去!"新洋没好气地打发道。

"可是,教官说得辅导员同意。"

"你、你们……"新洋十分气恼,又不好发作,"那教官,他同意你们请假了吗?"

"他说,您同意,他就同意。"

"喂。"新洋实在没辙,厚着脸皮喊正起劲喊口令的李灵珣。

"喊你呢!"阵列里有学生小声提醒他。

李灵珣还是一副不理睬的模样。

新洋真想抡把锤子,砸开他那紧闭的嘴,再找个凿子,凿开他那大蒜似的脑门。"这人,好笑吧!跟个孩子似的要脾气。爱搭理,搭理;爱不搭理,不搭理。我这是撞了哪门子邪,碰上这么一个又拗又犟的合作搭档!"

周六早晨出校门的时候,新洋伸展双手,作腾飞状,一路雀跃地飞奔而出,却撞见李灵珣和杨松。

李灵珣穿着灰色纯棉的T恤衫和天蓝色牛仔裤,青春洋溢,朝气蓬勃,新洋真想他展颜一笑,不再像大姑娘一样闹别扭。

李灵珣憨憨地笑着,发自内心的高兴像湖中的波纹,在脸上一层层荡漾。

新洋环顾,四周无人,才确定他不是在冲别人笑。

"这风云变幻莫测呀,一时晴,一时雨!"

"江老师,您出去?"杨松庄重地问。

"你上哪里要去?"李灵珣眨着布满血丝的眼珠轻轻地问。

"回北大附近的北漂公寓。"新洋镇定地对着李灵珣说。

"北京大学?"李灵珣兴奋地重复着,"我兄弟说他早想去看看那大学。"

"你兄弟想去,他就去呗。"新洋漫不经心地说,"北京大学又不是我家的,跟我说这事干吗?"她回想起杨松对她的莽撞和冒犯,拉长声音说,"再说了,你兄弟是你的兄弟,关我什么事?"

新洋绕开他俩,径直往前走。

"那,那个,"李灵珣着急地赶上前来,"我想跟我兄弟一块儿去,他和我都不认识路!"

"你也想去?"新洋直视着李灵珣闪烁不定的眼珠。

"嗯。"李灵珣郑重地点了点头。

"你去,我带你去;他去,改天你再带他!"

"我,我……他不去,我就不去!"李灵珣扭捏地说。

新洋心里嘀咕着:我是什么怪兽吗？喂,你是男人,我是女人,我不防备,你倒拎个保护伞！嘴上却强装高兴地说着:"那跟我走!"

"喏,到了,那就是!"被公交晃得头昏脑涨的新洋指了指"北京大学"四个镀金大字。

"你上哪儿去?"李灵珣问。

"我上那儿,瞧见没有,那蓝色屋檐的,北漂公寓,找我的姐妹们!"

"找她们干吗？我俩咋办?"杨松忙问。

"玩呗！你俩是大男人,手脚又利索,怕啥?"

"不是,江老师。"李灵珣解释说,"你知道我俩都没文化,没底气进去!"

"别叫我江老师,叫我姐!"新洋趾高气扬,终于感受到了片刻"文化人"的优越感,"你想我陪你逛校园?"

"嗯,不过我不想当你的弟!"

"那你想当我什么?"新洋问道,直至看到李灵珣那泛红的脸,她才觉得这个问题会让他不好回答。

"其实,我也没多少文化。北京大学,和所有大学一样,为所有没文化又想学文化的人而设。"

新洋沉浸在微风拂柳的惬意中,信步走着。杨松和李灵珣沉醉在这番旖旎风景中。"瞧,这里有只乌龟,驮着碑!"李灵珣指着草丛中的石雕说。

"那是玄武!"新洋轻声说,"据说是只神龟！又据说是鳌!"

"鳌是什么东西?"

"我也说不清楚,就是一种鱼!"新洋简略地答道,要细说,也不知从哪说起。又说"独占鳌头",又说"鲤鱼跳龙门",总之,说再多,也说不清楚。

"那个龙柱真漂亮!"

"那是华表!"

李灵珣没趣地瘪着嘴,一声不响地走着。

新洋忙对自己好为人师补充解释道："那华表其实就是龙柱嘛，我都没看见什么表，还以为能计时呢！"

"那是什么塔?"李灵珦问，指着树梢上露出的塔尖。

"博雅塔!"新洋赶紧回答道。

"怎么这里老用龙、龟、鱼命名?"

"这个我也说不清楚，好像是远古神话中的动物。"

新洋一路走着，扯下几枚松针、几片桑叶放进包里。一棵满面疮痍、遍布沧桑的大树屹立在路边，新洋走上去，用双手搂住它，将胸腔里那颗滚烫的心贴住树皮。

李灵珦吃惊地看着，问道："你很爱北京大学?"

"是啊! 我在考北大的博士，为进北大而努力!"

"因为它是全国最高学府吗?"

"不仅仅如此，我就觉得这树特亲近，仿佛我早就认识这树，好像阔别多年的朋友。这里，一花一草、一屋一瓦，我都恍然早就熟知。"新洋一个不留神，脱口而出，"就像我和你，一见如故。"

"那都是你一厢情愿。"杨松阴森森的声音猛地传来。

"你不说话，没人当你哑巴。"李灵珦对他吼道。

"好了，你们别吼了，话还没说完，就亮嗓，败兴!"新洋止住他们，"再说，一厢情愿是我自己的选择，有个地方，有个人值得自己一厢情愿就很好。"

杨松犀利地说："那个地方，叫彼岸;那个人，叫彼岸花。"

"我喜欢彼岸与彼岸花!"

"说白了，你就是喜欢进不去的地方和得不到的人! 你喜欢那种悲剧! 你骨子里就有求苦、求虐的倾向!"

"杨松，你有完没完? 你再说，我就跟你急!"李灵珦虎声虎气地说。

"让他说，让他说个够!"新洋屈辱地背过身去，"他说得没错，我自找苦吃，自作自受，自不量力，痴人说梦，死不悔改……"

"好了，你别难过，谁不指望个奔头! 杨松是个直肠子、大老粗，又没文化，你别和他计较。早知道，你们这样子……下次，我不同他一块儿来!"李灵珦轻声哄着新洋，新洋强忍着泪的憋屈的脸，一下子松弛下来，泪珠成串地奔流，"你别对我这么好!"

"你待的地方就是我去不了的彼岸,你就是彼岸石缝里蹦出来寻觅阳光的一朵小花,爱哭的小花。"李灵珦变戏法似的拿出一朵粉黄的小花,"就是这朵!"

"我不是被他骂哭的,是被你哄哭的! 你别对我这么好!"新洋接过那嫩嫩的小花,轻轻地插入发丛。

"嗤!"杨松从鼻孔里挤出一股声音。

"我想回去了。"新洋摸了摸自己发烫的额头。

"那我送你。"

目送着新洋和李灵珦一同离开的背影,杨松恶狠狠地骂道:"你装吧,你演吧,我不会让我兄弟遭你骗的!"他随即加快步伐,迎头赶上。

"这是你什么人?"正埋头算账的老板娘问。

"我单位同事。"

"别什么人都往家里带!"老板娘嘱咐道。

"知道!"

"咦? 人呢?"新洋推开门,里面空荡荡的。

"就我在。"李楠躺床上应道,"彤梅和袁玥去潘家园旧货市场了,说是去捡漏,金霞去男朋友那了!"

"你就住这地方了,一大群人?"李灵珦惊愕地问。

"对,"新洋指了指铺着碎花的床,"那是我窝!"

李楠伸出头来:"你带朋友来了? 你们好!"

"你好! 你室友在休息,你也累了,我们不打搅了!"李灵珦和杨松往外走。

"那人很帅。"

"哪个?"

"小平头,看上去傻愣傻愣,开口讲话的那个!"

"很阳光! 可惜又不是我的!"新洋爬着床梯,唉声叹气地说。

"唉! 我们都喜欢注定不属于自己的男人!"李楠泪汪汪地说,又昏沉沉睡去。

"好漂亮,越看越漂亮!"

"你的也不错,闻闻,香香的。"

"我睡得好香,被你们吵醒了!"新洋闭着眼穿衣服。

"大正午的,睡什么觉!"袁玥举了举手中的佛串珠,"淘到的宝贝!"

"我看不懂这玩意儿!"

"香香的,你闻闻!"

"好奇特的香味,像从死人身上扒下来,沾染了被蛆吞噬消化后的骨灰的味道。"

"你乌鸦嘴!明明是檀香。"

"你没进过佛庙吗?哪里是这味道?"新洋拿起佛珠,挨个数着,"咦,不对劲呀!怎么是一百零三颗珠子,少了五颗?"

"佛珠是一百零八颗的吗?"

"我外婆的那串玉佛珠就是一百零八颗,好像是个约定的数量。"新洋把东西往袁玥手上一推,"你这东西显然是有人用过的,珠子不全,没准是挨个卖了,或者治病用的。花了多少钱?"

袁玥伸出食指和中指。

"两千?"

"两百。"

"你赶紧想个法子处理它。这么便宜,不是盗墓得来的,就是贼赃!"

"你眼红?看你喜欢,两百给你!"袁玥逗趣地说。

"没个正经话!彤梅,你的呢?"

彤梅把手握得紧紧的:"没什么好看的,就是个平安扣。"

"那就算了!"新洋一副不屑的神情。

"给她看呗,看她神神道道说些什么?"袁玥扯过彤梅的手,掰开,拿出一方绿幽幽的平安扣。

彤梅解说道:"当时市场内琳琅满目,人流如梭,走在门口流动摊位前驻足。所谓流动摊位,是指一种三轮车,将货物摆放在车尾地板上,从这种流动性极强的特性中可估摸其不具备合法经营资格。当时,三五个新疆男子,有的坐在车头驾驶座上,有的立在车侧,一见我朝那绿幽幽的石头看,便盯着我瞧。我看他们挺落魄,便走上前去,和他们相谈甚欢。我并不识玉,只是看他们寂寞而想表示我的友好而已。当中一位面容耿直、满脸络腮胡子的中年男子拿起这块平安扣,对我说,'这块好',我就买下来了。"

"多少钱?"

"一百块。"

新洋借着窗户的光看:"哇,你捡大漏了。你瞧,透明的玉中有一白色空白处,垂泪状,很奇特。我看,给它取个名字。"新洋托着下颌,沉思着,"就叫'和田泪璧平安扣!'"

"袁玥还淘了块石头!"彤梅乐得笑了,接过"和田泪璧平安扣",又紧握住,仿佛握住了生命中最珍贵的宝物。

袁玥瞪了彤梅一眼,悻悻地拿出一块巴掌大的青白玉原石。

"色泽、纹理都好,不过'玉不琢,不成器',那要靠玉雕师的技术。原石,不过是一块石头,看不出价值。"新洋看见袁玥一脸沮丧的样子,"没花大价钱吧?"

"大半个月的工资呢!"袁玥气嘟嘟地说,"都说赌石能一夜暴富!"

"人家那是赌玉石是不是冰种翡翠!"新洋冷嘲热讽地说,"有人一夜暴富,也有人倾家荡产。别趟进去,那水可深。"

"你懂,就你懂!那德行,谁教你这些的?"袁玥没好气地问。

"家传绝学!从我爸到七叔,都趟进去过!不过,都是二十世纪八十年代初的事,大家没饭吃,什么象牙观音、犀牛角碗、蒜头瓶、瓷雕绣花蹲、釉里红龙缸,都流水一样流到别人手里去了!贱买贱卖,我家什么都没有!"

"那你不上潘家园淘淘去?"袁玥反唇相讥。

"不去,玩这个,终究是后悔。"

"怎么讲?"

"得不到,后悔;得到又失去,后悔;得到时不珍惜,失去后方知珍贵,后悔。"

"那就得到后珍惜呗!"彤梅凝视着手中的"和田泪璧平安扣"。

"玩这个的人总想得件至宝,于是,得了件宝物,嫌不够好,又看到了更好的,脱手卖掉,去买更好的。好的还有更好的,到最后,什么也没留下,换成的钱连最初的一件都买不回!"新洋哀叹地说,"有时还得背上良心债!我爸当年和我舅为了得一件汉瓦的砚台,答应给人家养老送终,当干儿子!结果,收货的老板一致认定是赝品,蒙他们!家里等这东西换钱买米,于是,原价卖了,还说了一堆好话,倒贴了路费!人家收货的老板四兄弟合伙做生意,还说'就当是逛了趟窑子,把钱打了水漂'!"

"后来呢?"

"别提了！后来人家不来了,一打听,发达了！就那片瓦！瓦背上有篆体字。"新洋哀婉地说,"可怜那老头,孤寡老人,盼了下半辈子,也没见我爸露个人影！当时,那老人家都说了,逃难逃荒,金银珠宝全不带,就背那瓦逃,我爸愣是不信。谁知道'秦砖汉瓦'是指砚台呢!"

"你既然知道那么多,怎不去淘淘?"袁玥问。

"还是两字,后悔!"新洋看破红尘般地说,"不管你做出怎样的选择,到头来,只有'后悔'二字!"

"懒得给你看!"袁玥抱着那块原石,"明天,我就去雕个宝物出来！看你还说后悔!"

第六章　李楠的出走

　　新洋坐在公交车上，看着路旁的树和车窗上映出的自己，脸上写满了欣喜。她环顾车厢的人，他们的脸上挂着筋疲力尽的虚弱，她突然想让大家都开心起来，她想到了唱歌，于是哼起了家乡小调："好一朵美丽的茉莉花，好一朵美丽的茉莉花……"车厢内很静很静，她沉浸在家乡小调的甜美里，那碧绿的田野、金黄的油菜花、嗡嗡叫着的蜜蜂，勾起她对家乡的思念。

　　"金霞，咱吃饭去？"一进公寓，她就冲坐在那里发呆的金霞说。

　　"吃什么呢？"

　　"我想吃拌米粉！"

　　"瞧你，什么不想吃，想吃拌米粉！拌米粉是什么好吃的东西！"

　　"不，不是因为好吃，是我想起家乡了。"

　　"哦，那去吃拌米粉吧！"金霞也是江西人，这时候最能体会对拌米粉的馋劲儿。

　　她们在西苑逛了几个圈儿。"什么兰州拉面，山西泡馍，清真馆多得难以尽数，偏偏赣菜馆一家都没有！赣味小吃摊的影儿都不见！"新洋学着舌般使着"儿化"的京腔，"这拌米粉，不就是将粉条搁开水里烫熟，然后放在一个碗里，倒点菜油、麻油，放点葱花、腌大白菜、花生米，一拌！就这简单的活计都没个人搬来西苑！让我们在西苑的江西人情何以堪！"

　　"哈哈！"金霞被新洋这一番没吃成拌米粉的长篇感慨逗笑了，"瞧，那里有砂锅粉，要不就它了，重庆也是南方，与咱们江西同处长江以南！"

　　新洋也被这八辈子打不到一竿子去的关系逗乐了，连声说："好，好！"

　　滚烫的砂锅粉端到她俩面前，新洋顾不上烫，吹散热腾腾的水汽，狼吞虎咽地吃着米粉。

　　"你手机是不是调到振动模式了？你的手提包好像震动了好长一段时间！"金霞一抹鼻尖上冒出来的汗珠，伸出舌头，散着热，口齿含糊地说。

新洋立马放下吃得正香的粉条,像饿狗在垃圾堆里搜寻肉渣,找出了手机。"谁呀?"

新洋不敢告诉对面坐着的老乡,支支吾吾地说:"一个刚认识的哥们儿。"金霞说起事儿没带心眼儿,新洋怕被李楠知道她在和杨灿联系。

"怎么不接电话?敢情那些钱是不想要回去了?"读到杨灿这条短信,新洋的左右眼皮闪跳了几下。

躺在公寓的床上,她一会儿裹紧被单,一会儿把被子踢得老远,睡不踏实。

杨灿高大结实的胸膛,方正圆润的嘴唇,宽大厚实的手掌像一只植入新洋脑海中的蛊,怎么也取不出来。

明天?对,明天。明天去拿钱回来,以后再也不见那具有魔力的男人。把钱拿回来?他会那么轻易放过烫坏他全身昂贵行头的我吗?会不会要求肉体补偿?啊!无耻、下流、不正经!那我穿什么去见他呢?尤其是他有非分要求时,我穿哪一件睡衣呢?那件淡蓝色梅花图案的棉质睡衣,还是那件黄绿相间的孔雀羽毛状的?天哪!瞧我往哪想!李楠软绵绵的呻吟传进她耳畔:"这个男人真是让人爱得欲罢不能却又恨得深入骨髓,我还是及早抽身而退!"

"你今天去哪?"在床上躺了大半个月的李楠破天荒起了个大早,对着洗漱的新洋劈头盖脸地问。

新洋像做贼一样,脸上一阵青、一阵紫。

"她和我一起去我男朋友学校打羽毛球。"正在系着鞋带的金霞头也不回,淡然自若地说。

新洋回想起昨晚仿佛听过金霞这个提议,用感谢救星一样的眼神望着她,急忙收拾运动鞋来穿。

"喂,金霞,谢谢你。"刚走出公寓大门的新洋对着并肩行走的金霞说。

"有啥事谢我?"

新洋望着她清澈得不含有一丝杂质的眼眸,淡淡地说:"不为啥事。"

"哦,车来了,快上。"金霞提起新洋的手提包便挤上了车。

新洋看着被人群淹没的金霞的脸上泛着金灿灿的霞光,眼里透出迷离与渴盼,她的心紧一阵,松一阵。

"本趟公交车开往国家图书馆方向,下一站清华大学西门。"公交车广播报站台名。

"啊！糟糕！坐反方向了！我男朋友在中国人民大学！"金霞惊呼一声,四周的人诧异地回过头来,静得只剩下车轮轧过路面的声音。

车门一打开,金霞像只矫健的猴子,一跃而下。

"你怎么不下?"

"我还是不去掺和你俩打羽毛球了,我去图书馆看书!"

"那也好,再见!"金霞高高兴兴地挥着手。新洋原本就与杨灿约定在国家图书馆见面,便一路坐下去。

有的人上错车却走对了方向,有的人上对了车却走错了方向。有的人走错了方向,为了一个对的人,掉转方向。

站在宽阔的马路上朝着高大庄严的国家图书馆望去,仿佛一只蹲伏的猛兽在窥视来往的猎物,又好像一对雄鹰张开双翅在等待读者。

"嗨!"杨灿戴着墨镜从车窗探出头来和新洋打招呼。

"嗨。"

"等我泊车。"

新洋远望他倒车,走出车门,锁车,等他走近跟前,又急忙扭过头去假装看国家图书馆大厦。

新洋问:"你是名人吗?"

"不是。"

新洋又问:"你是富豪吗?"

"不是。"

"那你是黑帮老大吗?"

"更不是。"

"那你干吗戴墨镜?"

"喂,你问那么多,原来为了墨镜这事!"杨灿嘿嘿笑了几声。

"咱们是见不得光的关系,还是你有见不得人的事情?"

"我没啥见不得人的事,咱俩的关系也没有什么见不得光!"杨灿阴沉着脸,一声不吭。

新洋收敛了咄咄逼人的气势,一声不吭地走在他身旁,侧过脸,斜着眼,偷偷瞅他。他的脸上丝毫没有退让的意思，新洋因为受邀请而陡然上升的受宠感骤然跌落，别以为自己是他的什么人！别以为他亲手为你包扎伤口就是对你有感觉！别见他给你一点笑容就灿烂得忘记了自己是谁！

新洋沮丧地想着，没注意到杨灿正缓缓地摘下墨镜。

"为什么不喜欢墨镜？"杨灿如湖水般清澈而澄亮的眼珠望着新洋。

他居然为了我而摘下墨镜？他居然为我而改变？新洋按下心中的阵阵狂喜，故作镇定地回答："我和你说话，也包括和别人说话，喜欢直视人家的双眼，不然，就说不出话来。"

"哈哈！"杨灿爽朗地大笑着。

"去看什么？"

"有什么看？"新洋站在杨灿的身旁底气十足地问，不再害怕门口的守卫。

"去看中华书局的百年图书展，怎么样？"

他居然询问我的意见？新洋心里泛着嘀咕，对我这么顺从，是不是不准备还我钱，或者对我有企图？

中华书局百年图书展陈设了中华书局一百年来的出版物和出版史料。

"快来瞧，这幅线条白描神仙图卷，真好看！"新洋一边兴奋地喊着，一边走过去伸出手去拽杨灿。

他的手掌真大。新洋抬头撞见他似笑非笑的眼角，急忙意识到自己的失态，慌忙把手缩回来。他的手掌宽大得如同一汪海水，承载着她这一叶扁舟；他的手掌真厚实，纳着她这一颗熟果；他的手掌很温热，温热得如同一炉旺火熔化着她这一角残铜。

"嗯，挺好看。"

"你看，那群神仙神态自若，衣袂飘飘，无欲无求，无怒无喜，放下贪嗔痴痴。你看，那线条流畅似淙淙流水，那眼眸仁慈端庄，那鼻梁端正笔直，那脸圆润光洁！快活似神仙，果然从画卷中透出来！"

"《八十七神仙卷》，"杨灿读着画卷名，"徐悲鸿自他人手中收购，作画人无名氏。"

"尽管无名，但能绘出如此图卷，传于后世，也是人生一大喜事！"新洋听到杨灿的介绍，刚才的欣喜雀跃中流露出一股淡淡的悲凉，自我宽解地说道。

"走,去那边看看。"

杨灿那高大的身躯像一座泰山挡住了一面的光线,新洋越发显得娇小。

从冉冉上升的电梯向国家图书馆新馆俯视,回字形的中央大厅里端坐着如饥似渴的学子们,他们心无旁骛地徜徉在无穷无尽的智慧海洋。

新洋看着他们,夜郎自大的泡沫"嘭"的一声炸散开去,无尽的羞赧升腾。"不登高山,不知山之高;不临深渊,不晓渊之深。"泱泱中华,卧虎藏龙。她又侧目偷瞄了杨灿那轮廓方正的脸,浮想着他炯炯的双眼,我和这人是什么关系呢?似友非友、似爱人非爱人,我莫名其妙地掺和进他和李楠的纠葛干吗?不,现在不是他和李楠的纠葛,而是他和我的纠葛!男人是一剂毒死人不偿命的药!不,我绝不步李楠后尘,陷入这无边无际的迷离的情网里!

感情偏偏是这样,就像撞入蜘蛛网的苍蝇,你越是挣扎,情网就把你黏得越紧。

穿梭在各个书架间的杨灿仿佛是图书馆的常客,不得不令新洋另眼相待。他静坐在书桌前看书的眼专注而真挚。

"你怎么不找本书看?"他迎着新洋的目光,饶有兴味地问道,泛着惯常的狡黠而又带点痞子气的微笑。

新洋觉得自己就像尼姑庵里放出来的尼姑,自从娘胎里出来,就没见过男人!说实在的,在南方长大,并且自青春期都是在女多于男的环境——师范大学文科专业生活的新洋,确实没见过身高一米八三,壮得跟头水牛的男子。何况,还有清澈澄净的双目,痞子气十足的坏笑和读书时的专注而深邃的神情!新洋羞涩地低下发烫的绯红脸颊。

"你想看什么书?"他站起来,俯下身,柔柔地问。

"汤亭亭的《女勇士》!"

"你这是怎么回事?扭扭捏捏得同上花轿的新娘似的!"他说话的声音很低,但却铿锵有力。

新洋极不情愿地抬起头,目光闪烁不定地看着他的脸。

"我给你找书,跟我来!"

新洋见他站在一架电子屏前。他灵活地伸出手指敲击着,他伸出的手指粗壮得像五月山间的苦竹竹节。一连串的编码跃入新洋眼中，像一组外星人的代码。

杨灿像诵经的和尚一样，嘴如同鲇鱼般一开一合，飞快地向书架找去。

"哦，在这里！"

新洋在数十排书架前眩晕，而他却像畅游在自家池塘一样自得其乐，不到两分钟时间，就从数十万册书中找到了想找的书。

"我还想找篇论文！"新洋故作冷淡地说。

"什么论文？题目呢？"

"《路与求索：汤亭亭作品〈女勇士〉的成长叙事》。"

在硕博学位论文馆申请了调阅论文后，新洋就赌气似的看手中的《女勇士》。

"看，论文来了！"

新洋抬起头看，一条传送带紧贴在墙壁旁，稳稳地托着她朝思暮想的论文。

论文拿在手中的那一刻，她内心狂喜不已，聚精会神地看论文，撂下还没回过神的杨灿。

杨灿心里又恨又气，又掩不住狂喜和兴奋，内心飘飘然但又故作若无其事地走到新洋身边。

杨灿烦躁地对着书本，眼珠却不时跃过书本偷瞄对面的新洋，她的额头很圆润，像古画上的闺怨少妇一样，眼神澄净得像西湖六月的水，倒映着晴空万里的蓝天，鼻子小小的，尖挺着……哦，她的唇被炙热的欲火烤干了一样，饱满有力却没有润泽，仿佛在等待渴盼已久的恋人的亲吻……我的脑子在想些什么！都是这些不堪入目的画面！在那一刻，妻子含情脉脉的微笑和稚嫩可爱的女儿像燕子在湖面上掠过，只留下一片涟漪。

新洋像笼罩在一片梦的帷幕下，若隐若现。杨灿莫名地升腾起掀开这层薄雾的冲动，一种占为己有的冲动。

冲动之后会如何？能不能给她一个可以期待的美好未来？家中的妻女怎么办？他没有多想，也来不及多想，或者，也犯不着多想。他只想得到她，越快越好，得到之后怎样，那等得到之后再想。

时间在胡思乱想中飞逝,新洋意犹未尽地合上书本,抬起头,看着杨灿,他的眼珠仿佛浸到辣椒酱中再拿出来,泛着血淋淋的红光。

"早过了午饭时间,你不饿吗?"杨灿俯下身来,对正准备起身的新洋说。

"啊!犯午困!"新洋恣肆地伸着懒腰。

"我知道一处既能吃饭,还能躺下睡觉的地方。"

"真的?还有那种好地方!带我去。"

新洋一脸雀跃地向前奔着,三步并作两步。

杨灿看着她欢快地哼着小调,有种想退缩的恐惧感,原以为是个咖啡店女服务员,居然读英文论文!真不知道要去的那好地方就是个火坑?他看着她袅娜的身段、丰腴而充满肉感的身体,听着那轻盈而又灵动的曲调,一种夹杂着占有和怜惜的复杂情感萦绕在心里。

"咦",走进电梯后的新洋小声嘀咕了一下,这里明明就是宾馆,看来这男人是想要我。怎么办,怎么办?她有一种闯进贼窝的恐惧感,大脑里翻动着一帧帧电影里看到的场面。她侧过身子,给袁玥发了条短信:杨灿和我来了凯越大酒店 1603 房,接下去怎么办?快来搭救我!一个小时你不到,我将不保!

满桌美味佳肴铺在洁白如玉的餐桌推进来的时候,新洋盯着瓶子里那些花花绿绿的液体发愣。

"想尝尝吗?"杨灿接过服务员刚端进来的酒瓶,示意他离开,带着富有挑衅的口气问道。

"想!"新洋坚定地回答,内心却像一万面大鼓被木槌敲打。"不知道袁玥有没有看到短信,路上会不会堵车。这该死的馊主意!"

"这个吃饭的地方真好,有餐桌,还有浴室、卫生间,尤其是这张大床,真舒服!"新洋竖直着身子,向床上倒去,摊开双手双脚,活脱脱一个"大"字。"真舒服,真舒服!"她嘴里不停地叫嚷着。

"你饿不饿?还有那么大力气糟践那床!过来吃点东西!"杨灿稳住手中的酒杯,差点没摔下杯子扑过去。

"来啦!"新洋一个鲤鱼打挺,翻身起来。

"好喝,好喝,"她对递上来的酒来者不拒,"你喝,你也喝,我们一起喝!"她

第六章 李楠的出走

心里不停地骂道，这酒难喝得就像马尿、老鼠尿和搅拌碎了的蛆酱一样，黄不黄、黑不黑、白不白的！那杯更难看，蓝不蓝、绿不绿、紫不紫的，简直就像生了绿色霉菌的葡萄！我家酿的谷酒，那才叫个香，一口气喝下一两，不碍事，越喝越长精神！这酒喝着直叫人想吐！

"噢，哇。"新洋一阵怪叫，把喝下的鸡尾酒喷出来，喷了杨灿一个大花脸。

"啊！怎么搞的！我不是被你泼，就是被你喷！"他悻悻地走进洗浴室清洗脸、脖子，还顺势把弄脏了的外套脱了。

他从洗浴室里穿着保暖内衣走出来的那会儿，正呕吐完的新洋感到胃一阵阵收紧。

杨灿伸出胳膊半扶半抱地把新洋放在床上，他感受到她一动也不敢动的紧绷的身体，像蜷缩在母亲子宫里的婴儿，那么稚嫩，那么圣洁。

"接下去，我们干吗？"杨灿听到这样极其大胆的挑衅，又血脉偾张。

"你说我想干吗？"他坏坏地笑着。

"你带我来这里，把我灌醉，不就是想睡我吗？"

"是我想睡你，还是你想我睡你？"杨灿调侃她。

"想睡就睡吧！"新洋从被窝里伸出双手，环抱着杨灿的脖颈，把带着马尿味、老鼠尿味、蛆味、发霉的葡萄味的嘴巴凑到他的唇边。

"你，你……"杨灿猝不及防地往后退，"我，我……我先冲个澡。"

听着淋浴的哗哗流水声，回想着杨灿的慌乱，新洋犯起了嘀咕：这男人，怎么看都不像个风流成性的坏家伙，李楠那肚子里的娃娃却被袁玥说是他的，怎么回事呢？这醉酒，是装还是不装呢？再等，就想走也走不了了！袁玥，那祸害，什么信儿也不来个，揪心！

杨灿光着上身，裹着条白色的浴巾朝新洋走来，新洋看着那结实的胸膛毫无保留地向她敞开，真想钻到那样浑厚的臂弯去，然后沉沉地睡去，仿佛是最终的归宿之地。新洋知道被子掀开了，他钻进了被窝，抱着她的后背，轻轻地吻着她的额头、她的耳朵。我怎么了，我的腿像被床钉住了，压根儿没力气迈开步伐走人，我是不是真的喝醉了！

"我被你迷住了，我的小家伙！我会好好疼你的，你是我生命中第二个女人!"杨灿的唇在新洋的下耳垂游走,喃喃地说着情话。

新洋被一个激雷震醒了一般,瞬间扯开被子,跳下床,指着杨灿:"你是个骗子,大骗子! 对所有和你上床的女人都说一样骗人的话! 你这骗子,大骗子!"

房门被急促地敲着,新洋一伸手,毫不犹豫地打开门。"他是个骗子,袁玥!"她急匆匆地说。没来得及抬头,她便哭着扑上去。

"李楠!"新洋的脸上淌下了一串热泪,猛地抬头,惊呼一声。

正是李楠,眼含热泪,满脸苍白,木然站立着。

杨灿捂着松开了的浴巾,惊慌不解地看着她们。

"李设计师,一个来月不见你到公司上班,现在怎么在这里? 你的气色很苍白,是哪里不舒服吗?"

新洋被杨灿这依旧做戏,装作领导与下属关系,并且毫不知情的姿态激怒:"你这个骗子,大骗子! 她为什么脸色苍白,你不知道?! 到现在还装,还装,继续装!"

李楠对着新洋怒吼:"你跟我回去,你什么都不知道,你别掺和!"

新洋被李楠吼得一愣一愣的。"你还想瞒着,捂得住吗? 最后苦的是你自己! 你因谁而苦,那个人从头到尾只会装作不知道! 只装不知道,你明白吗?"

杨灿愤恨地问新洋:"你原来是故意接近我,一切巧合都是预谋,是不是? 我见你第一眼就被你迷住了,被你迷得神魂颠倒! 你一颦一笑那么像我的初恋情人,我原以为你是上天对她负我一片痴心的弥补,原来却是上天对我的又一场辜负! 你不仅长得像她,骨子里也像她一样薄情寡义!"杨灿一边悲戚地说着,一边走近新洋,咄咄逼人地问:"你说,这一切预谋,目的是什么?"

"目的,什么目的? 钱,你是有钱人,的确,可你刷卡时里面的存款比我这个靠勤工俭学挣钱的学生还少! 权,你是有权,但你的权力只限于公司的员工,很抱歉,我不想进你的公司! 说什么目的! 如果有目的,那就是为了朋友的幸福!"

"你的朋友的幸福和故意接近我有什么关系?"

"没关系,你居然说没关系!"

"新洋,你别说下去,我们走,我们走!"李楠扯着新洋向门口走去。

"放开我,李楠,我非得要说,你不能为了蒙在鼓里的男人就这么苦了自己!"新洋一边和李楠僵持着,一边回过头来说,"杨灿,你要是个男人,就挺起男人的脊梁来,负起一个男人的责任来! 你面前这个你一口一口喊着'李设计师'的面色苍白的女人肚子里怀着你的骨肉!"

"啪!"一个清脆利落的巴掌声响起,新洋的脸火辣辣的。

"杨总,我朋友喝多了,发酒疯,瞎扯,我这就带她回去!"

跌跌撞撞、魂不守舍、不知所措的新洋摸着被扇的脸,木然地站在那儿。

袁玥走进公寓,看着新洋对着不知道什么东西发愣,好像在看着什么,又好像什么都没有看。

"你干吗愣着?"

"啪!"袁玥被新洋突如其来的耳光扇得愣住了。几分钟过去了,李楠泪眼模糊地看着地上像两头行将开战的斗牛一样的两个人。

"你疯了吗?"袁玥重重地推了推新洋。

"她没疯,我扇了她!"李楠冷冷的声调就像从地底下发出来。

"那你疯了吗?"袁玥劈头盖脸地问李楠。

"是你疯了,出了个疯主意,在紧要关头又不见人影,我自从娘胎里出来就没见过你这种人! 我,我是瞎了眼了,听你这种人的!"新洋摸着被墙壁磕肿的后脑勺,大哭着冲了出去。

"她说的究竟是什么意思,什么事情都怪到我头上?"袁玥一脸的委屈。

"他知道我的事了。"

"他?"

"杨灿。"

袁玥迫不及待地追问:"他怎么知道?"

"新洋刚入虎口给你发短信,你手机忘带了,我见了她的救助短信就去找她。结果新洋把我的事说给他听! 我不让她说,她偏说,我失控动了手!"

"这天发生了这么多事!"袁玥有一种不在现场的遗憾感。

"这蹄子,下手真重!"

"我下手比她还重!"

新洋告诉杨灿李楠为他怀孩子的事挨了李楠一个耳光,袁玥接下了新洋责怪她不及时出现的一个耳光。李楠艰难地怀着杨灿的孩子,杨灿却被新洋故作天真实则早有预谋伤得体无完肤。他们都不说话,仿佛默契的团队。为了工作,集体默契地抛开情感,仿佛不是为了爱而活着,而是因为活着而爱。

一连几天的沉默终于被一个不速之客打破,仿佛暴风雨过后的短暂晴天,只为下一场更猛烈的暴风雨。

夜深得跟黑漆没什么两样的时候,一个男生敲开房门。新洋对他瞧了瞧。他高高的、瘦瘦的,颇有玉树临风之态,只是没有杨灿的宽阔结实。"我怎么了?还想着他的样子!呸,呸,呸!"

"打搅一下,你们见到过一个一米六五个头、操河北口音的女孩吗?她叫李楠,这是她的照片!"

"哇,好漂亮,好清纯的长发女孩!"住在新洋下铺的彤梅惊叹着,连连摆手,"我们这没这么漂亮清纯的长发女孩。"

"喂,给我看看。"看着那个男生落魄而且寂寞离去的背影,袁玥叫住了他。

"那躺着半死不活的女人就叫李楠。"袁玥以记者特有的敏锐和识辨能力瞄了几眼照片,冷冷地说。

"楠楠,楠楠,有人找。"金霞推了推昏睡的李楠。

"啊,谁找我?"李楠侧过身子,像醉汉一般的眼还没睁开。

那个男人愣了愣,旋即伸出双臂,抱住李楠伸出床铺的半个脑袋,像孩子一样哭了起来:"楠楠,楠楠,我找你找得好苦啊,可总让我找到了!你跟我回河北去,明天就回!"

李楠睁开眼,看着眼前的男人,轻轻掰开他的双手。"黎凡,我再也回不去了。"说完,她便大声哭起来。

新洋看了看袁玥,金霞和彤梅交换了吃惊的眼神,大家静静地看着这对宛如梁山伯和祝英台般抱头痛哭的苦情恋人。

"楠楠,我不该为了考托福来北京的,现在出国手续全办好了,老家才来消息,说你来北京找我都快半年了。我四处找你,又找不到,后来才听说有人在北大附近见过你,才上这来找!"黎凡破涕为笑,"可巧,让我找到了!明天咱就回

第六章　李楠的出走

河北,尽快完婚,我不出国留学了,我要永远陪在你身边!"

"不,黎凡,我们再也回不到过去了,你去奔自己的前程吧!"

"不,不管发生什么,我都要永远陪在你身边,寸步不离!"

"咳,咳。"袁玥实在看不下去这出苦情桥段,大声地干咳了几声。

黎凡识趣地转过头来,满怀歉意地说:"抱歉,各位,我和李楠久别重逢,失态了。打搅你们了,我这就去附近找个房间休息,明天再来。"他又回过头,轻柔地摸着李楠的额头,擦去她的眼泪,说:"一切都过去了,明天咱回河北!"

新洋看着找到李楠已如释重负的黎凡离开,她隐隐觉得,不是"一切都过去了",而是"一切才刚刚开始"。

果不其然,一见黎凡离开,李楠就爬下床,紧张兮兮地收拾行李。

"大晚上了,收拾什么,等不及了,人家明天才来接你!"睡眼惺忪的袁玥阴阳怪调地说。

"我收拾东西离开,我现在这个样子根本没脸见他!"

"你要走?"一脸惊诧的金霞反问道,"人家费了多大劲才找到你! 你什么也不说就离开?"

"你们明天带句话给他,说'我对不起他,这辈子不能再嫁给他',让他忘了我!"李楠已经哭得稀里哗啦,不成人样。

"舍不得,舍不得,还离开干吗?"金霞拦住她收拾行李的手。

新洋和袁玥也上前劝说:"要走也等明天再走,这大晚上的,你一个女孩子不安全!"

"明天? 万一来不及走呢! 我一定要走,马上就走!"

袁玥见状向新洋使了个眼色,新洋会意地退出去找黎凡。

"老板,麻烦查一下住房登记,黎凡有没有入住?"新洋气喘吁吁地一连问了附近几家宾馆,都没有找到。

"难道'有情人终成眷属'是一句神话? 什么'两情若是久长时,又岂在朝朝暮暮',都是骗人的! 黎凡为了出国,卧薪尝胆、音信全无,李楠孤身进京寻找。现在,黎凡费尽千辛万苦才找到浪迹京都的李楠。这难道不是爱情吗?"新洋望着穿梭如流的汽车默默落下泪来,却无能为力。那时的她多么希望月老的红线把李楠和黎凡系紧一些,更紧一些。

"喂,新洋,让你去找黎凡,你在大马路上哭什么!"袁玥风尘仆仆地走过来,"别哭了,也别找了,人刚走了,回去睡吧!"两个人一路上唏嘘不已,几天来的剑拔弩张又烟消云散。

她们刚进公寓门口,赫然看见黎凡端着脸盆走下楼梯。

"啊!"新洋和袁玥同时惊呼一声。

"你问了这公寓没有?"

"没问,我以为早住满了。"

"你们好!"黎凡心情大好地打招呼。

"你、你好!"袁玥用胳膊肘撞了下新洋,新洋也挤了挤她。她俩都不知道怎么开口。

"李楠走了!"袁玥不忍心看他在缥缈的幻想和憧憬中快乐而现实已满目疮痍。

"什么!"黎凡仿佛不敢相信自己耳朵里听到的字——李楠走了,嘴里念叨着:李楠走了,李楠走了……

"哐当!"他扔下脸盆往刚才李楠睡过的床铺奔去。

已是人去床空。

他蹲下身去,抱着头,呜呜地哭了起来:"我做错了什么? 你要这样对我,都不说一声就走了! 你可知道这些日子为了找你,我鞋都磨破了好几双! 你可知道我多想找到你,和你回河北! 都是我的错,我不该想出国,是我千方百计以追求梦想之名离你远去! 害得你在老家苦等我完婚! 我压根儿就不是个男人,我该死,我活该! 我错了,你快回来,别离开我!"他痛苦地撕扯着头发,手指都快勒进肉里去。

"别,别难过! 不是你的过错,是她没这个福气!"新洋走过去把黎凡扶起来。

"你知道她为什么离开,是不是?"黎凡发疯地摇着新洋的胳臂。

"我,我,我知道。"

"你别找她了。她说她对不起你,这辈子不能嫁给你!"袁玥哀怨而又凄婉地说。

"你知道她在哪里,是不是?请你告诉我,我求你了!都怪我跑到北京来,她才上北京找我!是我误了她!你告诉我她在哪里?"黎凡走到袁玥面前声嘶力竭地说。

袁玥半因感动半因着急地哭了起来:"我真不知道她去了哪里,或许她只是要离开你,她自己都不知道去哪里!"

"你,你们……"黎凡想要说什么,却什么也没说。

沉重的夜色吞没了他远去的身影。

第七章　瑞琴的报复

"嘿,你QQ里的倒计时是什么意思?"新洋见到李灵珣,问他,"倒计时三天、两天、一天?"新洋掰着手指头,"三、二、一,这么快,干吗要倒计时?"

李灵珣默不作声,懒得解释地扭过头,带领阵列,不厌其烦地喊着口号。

新洋沮丧着脸,自讨没趣,碰一鼻子灰。

"嗨,Rich。"

瑞琴踩着高跟鞋走来。

瑞琴的眼皮底下有一团浓重的淤青,像熊猫眼:"你前几天和'大头鬼'一块儿出去了?"

"嗯。"

"你们出去干吗?"

"逛北大校园,还和他吵了一架!"

"恐怕不是吵架,是拌嘴吧?"

"吵架不就是拌嘴,拌嘴不就是吵架!"新洋踮起脚尖看与兄弟聚在一起抽烟的李灵珣,漫不经心地说。

瑞琴顺着新洋的目光望去,望见杨松正含情脉脉地向新洋笑。

"喂,"手机里一阵急促的喘息声传来,"出来接我。"

"谁呀?"新洋没好气地问。

"我的声音也听不出来?"

"哦,袁玥!"

新洋拨弄了头发,拎起外套,朝校门口走去。

"你怎么来了?"

"怎么? 不欢迎我!"袁玥抱怨地说,"我又一次被踹了!"

"什么'又一次'?"

"被踹!"袁玥大声说道,"你得给我找个伴儿,不然,我就孤苦伶仃、孤独终老了！"

"我上哪儿给你找伴儿？我不也是一样孤身一人！要能给你找个伴儿，我怎么不给自己找一个？"

"上次去北漂学生公寓那'小平头'不是你的？嗯，就是那个。"

"哪儿跟哪儿！我比人家大多了！"

"别老给自己的懦弱和自卑找借口，你就是不敢！"

"我有什么不敢的？"

"那你约他呀？"

"约他干什么？"

"吃饭！"

"吃饭怕什么？约就约！"

新洋拿出手机，拨通了李灵珣的电话。

"你说呀！"袁玥催促道。

新洋道明了来意。

"吃啥？"

"下馆子，搓顿，吃点好吃的！"

"那不费钱嘛！我一碗白粥、几个馒头、一小碟酸菜、一小碟花生米就够了！"

"怎么，她约你吃饭？"杨松粗声粗气的嗓门传进了新洋的耳膜，"你得说一家昂贵的大饭店！"

"杨松说他也去，可以吗？"

"他？"新洋顿了顿，"可以。"

新洋挂断电话，扭过头，冲袁玥大声说："这下，你中意了！一约来俩，看你惹的！"

"怕什么，不还有我嘛！"

"你……我都不知道说你这种人什么！"

"那就什么都别说，赶快去换身衣服！"

"你呀！总催促我换衣服约男人，像个……"新洋就差说"老鸨"一词了。词刚到嘴边，她急忙收了回去。

"快去,快去,别啰唆! 光阴苦短,青春不再!"

"好吧! 不过,你可进不去,这里不允许校外人员进去。"

"那我去订饭店,稍后见!"

新洋在一堆沾满灰尘的衣服里面翻,翻了个底朝天,也没一件中意的。

"唉,女人的衣柜里总缺少一件衣服!"

"要不,你来我的衣柜里找找,你这是要去赴约吗?"

"嗯。"新洋多一事不如少一事地支吾着。

"这件,可以借我吗?"新洋举着一件白底黄花的连衣裙问,她很喜欢那衣服上的一朵朵雏菊,含苞待放。

"可以,"瑞琴平静地回答,"你今晚和谁有约?"

"嗯。"新洋迟疑着,她知道校内老师和教官接触过密会带来不良影响。她身穿瑞琴借给她的漂亮长裙,又觉得不说出来,太不近人情。"不是约会,就是几个朋友一起聚聚,要不,你也一起去吧!"

"不会嫌我这电灯泡太亮吧!"

"不会,不是那种约会,你也不是什么电灯泡!"

袁玥把订好的饭店包厢发给新洋后,便静静地坐在靠窗临街的座位上。新洋从校门口走出来,她穿着一件显然不合身的长裙,那长裙很美,但她不够丰满,上身就露出空荡荡的宽大来,而那原本齐膝的长裙下摆到了她的脚踝处。她像被裹着,迈不开步。她身边的女孩应该是这长裙的主人——高挑、丰满。她又看见更远处的"小平头",他愣头愣脑的,真不知道肚子里装着什么,不过,花花肠子应该还没长出来。他身边的那个男人才称得上是男人。那"小平头"简直还是个孩子。"我来这里干什么?"看着这群即将奔涌而来的人,她犹豫了,"蹭饭!"她给自己找了个理由。她心血来潮,热血澎湃,她也不知道自己是来撮合还是拆台,她更不知道自己脑子里究竟在想什么。"骑驴看唱本——边走边瞧",她想着。

新洋走了进来,和袁玥打了声招呼,并让瑞琴和袁玥相互认识。李灵珣和杨松也按图索骥地找来。

袁玥斜眼瞅见杨松看见瑞琴时那惊愕的表情,又看着瑞琴那惆怅中夹杂着怨恨的眼睛,而李灵珣径直坐到新洋的身边,仿佛是姐弟。杨松盯着新洋的长裙，像见到一件贮满记忆残片的旧物。新洋在杨松的注视下，紧张得一动不动，而面对李灵珣的目光时，却谈笑自若、妙语连珠。

袁玥见新洋抛了个眼神给她，会意地笑了笑，却不对杨松做出什么过于亲昵的举动，任凭新洋不明就里地干着急。

李灵珣旁若无人地腻在新洋身边，拉家常，问东问西。

"你干吗约我出来吃饭？"

"感谢你。"

"谢我啥？"

"体能课，那么卖力！"

李灵珣笑了笑。

"你怎么拉他一起出来呀？你怕我？"

"有点。"

"怕我什么？"新洋追问道。

"怕一个人和你单独待在一个封闭、狭小的空间内。"

"那有什么好怕的？"

"怕我自己……"李灵珣正要说，杨松伸过一大杯啤酒，"是兄弟就喝！"

李灵珣一饮而尽，却呛得满脸通红。

袁玥看着李灵珣的窘样，禁不住暗笑："我跟你喝！"说完，她端着酒杯，操着重庆腔和杨松吆五喝六地划起拳来。

袁玥斜睨角落里大口大口抿着浓烈的白酒的瑞琴，又和故意套近乎的杨松大口大口地喝酒。

一桌坐着的五个男女，就只剩下李灵珣和新洋在小声嘀咕，其他三个人都喝趴下了。李灵珣禁不住那一大杯掺了白酒的啤酒，也逐渐迷糊起来。

"酒不醉人，奈何人自醉！"袁玥感叹道，这迷糊与清醒的边缘，她更感受到爱情捉弄人。

"你这样子，怎么回去？"

"不碍事的，我今儿高兴！"袁玥跌跌撞撞地说，"你别瞧我醉成这样，不过一个小时，蹲几趟厕所，就跟没事人一样！"

"那你先待着，我把人挨个儿送回去！"

"李灵珣,你怎么样?"

"我、我站不稳!"

"好吧!"新洋走过去,拉起他的右手,搁在自己的左肩上。李灵珣顺势向新洋倒去。

"啊!"新洋不堪重负地叫了声,"好重啊!"

"你好歹使点劲儿,不至于醉成一摊烂泥吧!"

经过袁玥身旁时,袁玥清楚地看见李灵珣朝她眨了一下狡黠的眼。"调皮的男孩!"袁玥自顾自地笑了,"装醉!"

新洋刚走,瑞琴抬起头来瞧了瞧杨松。他正呼呼大睡。袁玥假装睡着了,从眯着的眼缝里瞧瑞琴,她用既爱又怜的眼神俯视着杨松。她弯下腰去,支起杨松的肩,摇摇晃晃地走出去。袁玥从玻璃窗向外看,漆黑的夜反射出她的形单影只。袁玥苦笑了一下,说醉了的人是装醉,自认为清醒的人其实早已醉了。她翻出大衣,迎着夜风,回到了北漂学生公寓。

瑞琴"扛"着杨松,趔趄地走进校园。她的头像要炸裂一样,眼望着一片绿茵地,便瘫了下去。杨松的手像铁钳一样抱住了她。她睁开眼时,已是破晓时分,她躺在自己软绵绵的床上。她努力回想着,原来残留的记忆片段一点点拼凑完整。杨松拼命向其他女人示好,对她一言不发、不屑一顾。

她觉得自己很虚弱,仿佛耗尽了生命中的全部力量。她的胸口很痛,像一团烈火在心口跳跃。她的嗓子也像被火烧了似的,她捂着胸口,仿佛双手的温度能给她坠入冰层的心一点温暖。她只觉得自己全身很冷,很渴望一个炙热的拥抱。是谁? 她想不出来。只要是个男人,有着炙热的胸膛和足够把她拥入怀里的强壮臂膀就行。她顾不上那么多,只是强烈地需要一个男人。她很想得到他的拥抱,但他无视她,只想她远远地离开他,把她当作一个负累,一个这辈子都想着摆脱的包袱。她这一生还只爱过他。她以前连想都不敢想会有除他以外的别的男人。她想她会从一而终,此生此世,只有他。现在,她需要一个男人,任何男人! 只要她能把他留在记忆里的点点滴滴全都抹去! 她再也承受不了对他的爱与思念了! 她再也承受不了他的伤害与离去的决绝了! 她真的再也承受不住了!

她只是他走路不小心踩到的一坨狗屎,或者是他闲暇时的消遣,他根本无意与她相扶相携,共度此生。

她总算明白了,明白这个事情让她的痛苦更深。她扑腾在爱、恨、悔、怨的网里,挣脱不开,陷在执着、无悔的泥淖里,拔不开腿。她渴望着那样的男人,将她从这网里解脱出来。

他将她的爱降到那么卑贱的境地,将她的从一而终看作死皮赖脸、死缠烂打,将她美好的人生构想——生儿育女、相夫教子撕成一片片碎屑。

是啊!她总在憧憬着他们孩子的模样,像他的眼,他的眼明亮、澄净而又炯炯有神;像她的嘴唇,圆润而饱满;鼻梁像谁呢?男孩像他,高大笔直,女孩就像她,细致而紧缩……

她总幻想着和他一起慢慢变老,老得互相梳理对方头上的银丝;他若牙好,便把坚硬的食物咬碎,喂进她的口里;她若腿脚利索,便搀扶他看日升日落……

她从来没有想过,如果没有他,以后的日子怎么过?她怎么能失去他呢?她的一切美好都给了他!

可现在,他不要她,他要她走,逼她伤心欲绝而离开他!

她该怎么办?她苦不堪言、痛不欲生,真想一死了之!可她只能为他而活吗?她除了爱他,人生就再无其他追求吗?许多一直尘封在爱里的追求逐渐浮上脑际。她不是一直想出国深造吗?既然爱情没了,事业可不能这么失败?

她想到这,暗暗下了去国外留学的决心。什么爱,什么男人,什么生儿育女,都是虚无缥缈的。学习知识才是实实在在的!突然,她先前的自怨自艾淡了下去,这一人生新的目标,让她的脚底下仿佛升腾起一股巨大的力量。

夏日的阳光总不讨人喜欢,照在身上,昏昏沉沉的,既想睡觉,又嫌炎热难耐。瑞琴蹲在树荫底,拿出袖珍单词本,叽里呱啦地背起来,时不时抬起头瞅瞅自己带领的班级阵列。

看着她一连几天这样发狂般地背单词的杨松心里犯起了嘀咕:这丫头,又在发什么神经?她怎么不生气?她不来找我吵架、哭泣?以前她总偷偷地瞅我,现在怎么连瞧也不瞧我一眼?

"喂,你在干什么呢?"杨松按捺不住,问道。

"背单词!"

"背单词,干吗?"

"出国读博!"

"背单词,顶个屁用!"

"最笨的办法往往是最有效的办法。"

瑞琴说完,就埋下头去,她强忍着自己想多看看他的欲望。他不是她的,尽管几年来,她总把他当成她的,但他真的不是! 她背单词的嗓音哽咽起来,眼里噙满泪水,幸好杨松已经气鼓鼓地快步离开。

夕阳的余晖懒洋洋地洒在路面的沙砾上、路旁的四季松上、高高的楼顶上,也洒在并肩行走的李灵珣和新洋身上。

新洋装作无意地暗暗瞅着他,也不经意与李灵珣偷偷瞧她的目光相撞。

"你干吗不回去啊?"

"那你干吗也不回去?"

"杨松说他晚上有点事情,我一个人在寝室里待着太无聊。"

"你闲着无聊就邀我陪你散步?"

"什么你陪我? 你不一样不回去?"

"瑞琴说她想一个人待一会儿,她自上次去饭店吃饭回来后就整天心事重重的,好多天都没和我说一句话。她这回开口讲了,我就没有拒绝。"

"咱俩走一块儿,你怕不怕?"李灵珣幽幽地问。

"你老问我怕不怕! 怕? 怕什么?"

"哈哈",李灵珣强抑着大笑,爽朗地笑了起来,"我欣赏你这种天不怕、地不怕的气概!"

"本来就没有什么好怕的嘛!"新洋嘴里说着,心里想:怕你李灵珣吗? 不,你是一个光明磊落、铁骨铮铮的汉子! 怕黑影里冒出来的坏人? 不,你拳脚那么利落,几个人都打不过你……

新洋脱口而出:"我怕领导撞见咱俩。"

"不用担心,'团长'回老家看媳妇去了。"

新洋问:"'团长'这么重家庭亲情?"

"听说,他媳妇病得厉害……他这人,总认为挣钱养家就是对自家媳妇的爱。"

"那你认为什么是对自家媳妇的爱?"

李灵珦说:"爱媳妇,就是她认为什么是爱她,就给她什么!"

"她来她去的,哪个她?"新洋心里打翻了醋瓶似的。

"未来的她嘛!"

唉!新洋在心里默默地叹着气。

"要是我能和你一路走着,该多好啊!"新洋看着眼前的美景说道。

"这条路又不长,我们一会儿就走完了!"

新洋沉默下来,李灵珦也很无趣地闭上嘴巴。

夜幕渐渐拉开来,新洋只能模糊地瞧见他棱角分明的脸廓和炯炯发光的眼眸。他的眼睛并不大,但却很有神,从两眉之下透着清澈的光。他的眉向上扬着,冷峻得如同两把玄铁剑。他的鼻子高高的,仿佛顶着宿命中的苦和难。他的唇方中带圆,外形方正,但因唇饱满,又像是圆的。他的颧骨很高,笔直地在耳骨上方与后脑骨连在一起。他的下巴像刀削成的。两边脸颊也像是用画笔画成的,很对称。稍有一些不对称的,便是他的左眼是内双眼皮,比外双眼皮的右眼略小一些。他实实在在是一个帅小伙。

新洋看他总会出现幻觉,把他看成长坂坡救幼主的常山赵子龙将军,或者征西的薛仁贵将军。如果他一袭白袍的话,铁定是威风凛凛的,一米八的个头穿将军服是最帅气的。

李灵珦在她的直视下,紧绷着双手。他觉得她火辣辣的眼神在召唤他。然而,他更清楚,她是一个貌似随意但受不起情伤的脆弱的女人。她的嘴唇紧紧抿住,初看之下,十分坚毅,细看则会发现那坚毅而笔直的人中线底下,有一张易受挫的嘴唇。她的眼透着一股冷峻的寒光,仿佛看透了什么。她笑起来,很灿烂,那灿烂却又似笼上了一层忧伤的纱。他很想撩开她那层忧伤的纱,看她开怀畅笑。可他并不知道能给她带来开心的是什么。他沉默了。

新洋看着他,仿佛他是她眼中的一颗夜明珠。他离开了,她便看不到亮光。

他们被笼罩在斑驳的树影中。不远处的女教师公寓里却不像他俩这般平静。

"咚,咚!"手掌拍门的声音。瑞琴从梦里惊醒,她喊了声"新洋",没人应声。她摸索着爬到门边,转动门把手。杨松从门缝里闪了进来。他看见瑞琴惺忪的睡眼,说:"我这么熟悉的人,却要离我远去!"她的头发歪七倒八地向空中翻滚,她的睡裙底下露出两条纤细的腿,她是我的,我绝不允许她离开我,绝不!

"你干吗天天背单词?"杨松没头没尾地问。

瑞琴惊诧地看着杨松,她扯了扯睡裙,真希望下摆能盖住膝盖,她又拨了拨挡住眼睛的几缕乱发。她小心翼翼地收拾自己,唯恐露出衣冠不整的狼狈样。

杨松看着她慌忙整理睡裙的样子,气不打一处来:"你,我的女人!还藏什么呀!"

"我、我……"瑞琴停下了乱扯头发的手,"我是我自己的,我爱背单词就背单词,我爱出国就出国!"

"我不准!"

"由不得你准不准!我爱干啥就干啥!我爱去哪就去哪!"

"你是我的!"

"我什么时候得听你的?"

"我是你的男人,你是我的女人!"

"我不是,不是!"瑞琴痛苦地摇着头,像要把和杨松的过去甩出大脑,"我不再是!"

"不,你一直都是。"杨松走进去,捧住她摇晃的头,轻轻吻上去,"你永远都是!"

瑞琴别过头,避开杨松炙热的吻。他残留在她额上的吻像一方烙印,烙进她的心坎。她伸出双手,颤抖地搂住他的腰,喃喃地说:"松,我爱你,一直爱着你。"

杨松听着她呓语般含糊不清的表白,心里熨帖了:"傻丫头,我也一直爱着你!"他抚起她滚烫的脸,"答应我,别再想着出国了,好吗?"

"嗯。"

瑞琴把脸埋进杨松的胸膛里,杨松轻轻撩着她杂乱的卷发。

"你接着睡吧!"杨松理了理她的睡裙,"别着凉了!"

瑞琴极不情愿地松开他,她多想永远黏在他身上。

杨松给她盖好被子,轻轻合上门。走出女教师公寓,一阵风吹来,他浑身的炙热被带走了一半,他的脑海里浮现一帧帧和瑞琴相处的画面。

她爬上高地和他隔着营地大门对望;一等半个月,只为了他站岗时,静静走上前,握握他冻僵的手;她一直在他身边,不管他折腾到哪里……

他知道这个女人爱他,他以为无论他做什么,这个女人都会爱他。他望了望遥远的天空,稀疏的月光拉长了他的身影,已不再矫健,也不再挺拔。

李灵珣和新洋零零碎碎的说话声传进杨松的耳畔,他快步走开,融进夜的阴影里。

"送到这吧!"新洋停下了脚步。

"那,好吧!"李灵珣也停下了脚步。

他们又陷入了沉默。

"晚安。"李灵珣平静地说。

"晚安。"

新洋走进房间的时候,瑞琴假装熟睡。等新洋发出均匀的鼾声,瑞琴仍一动不动地躺着。她睡不着,杨松的到来让她如死灰般的热情又重新燃烧起来。她耳边有他心脏跳动的声音,有他"你是我的女人!"的铿锵的声音。

我是他的女人,的的确确是他的女人!除了他,别的男人从未拥有过我!我是他的女人,他仍承认我是他的女人,而且他说我一直都是,永远都是他的女人!难道他一直都只是我的男人?他从来不曾爱过除我之外的女人?我属于他,他也属于我?怎么可能?他和别的女人亲吻,我亲眼所见,就是卧榻之侧酣睡的这个女人,我怎会看错?瑞琴回想起杨松和新洋的激吻,用手紧紧地握住床单,像揉住一团纸。她的恨意和忌妒被杨松的柔情发酵了。如果杨松不再柔情蜜意地对她,她或许不把他当作自己的男人,也不会对此耿耿于怀。可他那鲁莽得近乎粗鲁的男人,那轻言细语,只对她;那举止轻缓,也只对她。她又相信他是爱她的了。

身边酣睡着的新洋的鼾声,惊扰了她,她嫉妒的火焰熊熊燃烧。她想扔个枕头过去,砸醒她,又想过去揪住她,痛打一顿,更想抱起她的铺盖卷扔到走廊上。她睡不着,这突如其来的爱与恨像跷跷板一样摇动着。卧榻之侧,岂容他人酣睡?她想着,想着。我一定要把她从杨松身边赶开,让她离我和杨松远远的!她这样决定了,于是,内心平静了,那些咬噬她尊严的虫蚁也归于平静。

"对了,Shine,你们的大赛经费准备怎么使用?"瑞琴不动声色地问。

"嗯,交给舞蹈队队长和副队长,一人管钱,一人管账,我负责审批和监督。"新洋懒洋洋地说,"你呢?"

"我也准备这样。"瑞琴心不在焉地回答。

第八章　少男的情窦

夜幕下，繁星点点，像一簇簇可爱的孩童，闪烁着狡黠的眼。繁星下，一团团少男少女跳着撩人心魄的舞。

新洋想起江南，想起枣树上鸣叫的蝉、池塘里鼓噪的蛙、水沟里东游西窜的泥鳅，想起外婆布满皱纹的苍老浑浊的眼，想起……她呆立在虬枝盘结的树下，看着没有一片绿叶的老树，又惦记起树门口那两棵千年古柏……

"老师，可不可以拿舞蹈经费去给大家买水喝？"旭敏对新洋说。

"你们之前不都是自己买水喝吗？"

"当初我们并不知道有经费补助呀。"

"经费不够用，表演服装、道具、化妆、音响……都得花钱。"

"一瓶矿泉水只要一块钱。"

"有了今天，明天也会要，之后成常例了，每人每天一瓶水，到比赛时，什么钱都没剩下！"看到旭敏那不同意就誓不罢休的神情，新洋恼怒地说。

"一瓶矿泉水都不舍得买，那我们不跳了。"

"你还是学生！给钱，你就跳，不给钱你就不跳。"新洋咬牙切齿地骂道，"爱跳，跳；不爱跳，别跳！"

第二天早上，一阵急促的手机铃声让新洋从睡梦中惊醒。

"江老师，舞蹈经费不见了！"慧芬声音抖得厉害。

新洋像大晴天里被一记响雷劈中脑袋一样：这么大一笔钱，怎么会不见呢！钱丢了后，拿什么去比赛？没有比赛，这工作还能保得住吗？

慧芬长一阵、短一阵的哭声传来，新洋真想也畅快大哭一顿，可是，哭有什么用？她定了定神，安抚了慧芬，然后快步向案发地跑去。

她当然没看见瑞琴得意的狞笑。

"怎么回事？"新洋上气不接下气地爬上楼梯，走进去。

一进去，慧芬就拎起背包说："钱昨晚跳舞时还在，今天早上起来，就不见了！"

"你昨晚上把包放哪？"

"就挂在墙上。"

新洋顺着慧芬的手看去，一堵不及人头高的卡通墙张着大嘴在笑。

"你睡觉前见过那钱吗？"

"没有。"

"你什么时候见过那钱还在包里？"

"就是刚放进去的时候，昨天傍晚。"

"之后，去了哪些地方？"

"跳舞途中去买了绿豆汤，去了食堂、操场和寝室。"

"包什么时候离开过你？"

"没离开过。"慧芬急忙纠正，"哦，不，我去买绿豆汤时，拿了几块零钱去，没带包。"

"不早了，你们先上课。"新洋望着旭敏游移不定的眼神，沉思着。

新洋木然地看着那群女学生在李灵珣的带领下一招一式地锻炼。她不敢相信，也不愿相信，她们之中有贼？她一向认为，所有人在未走出校园前都是纯洁无瑕的。她从来不怀疑他们，而现在，怀疑这件事本身已让她痛苦不堪。她现在看谁谁就像贼，看谁都贼眉鼠眼。

"喂，你今天不舒服吗？"李灵珣远远地问。

"你走近点，我有话跟你说。"

李灵珣踯躅地往前走。

"你干吗低着头？"

李灵珣抬起头，直视着她的眼睛，迅即又看她身后的树叶。

"你怎么回事？"新洋挪到树叶前，"你的眼睛红彤彤的，像一团火在熊熊燃烧。是不是看到人会不舒服，看到绿色的树叶会好点？"

李灵珣懒得解释："你才不舒服呢，没精打采的，像撞见鬼了！"

"你才撞鬼了！不过，我遇到麻烦事了！"

"啥事?"

"招贼了!"

李灵珣喘了口气:"招贼?"

"瞧你一副天塌下来有高个子顶着的神态,还是我哥们吗?"

"我本来就不是你哥们,也没准备做你哥们!"

"李灵珣,你狠,够绝情绝义,落井下石!"

"喂,不就是不当你哥们,至于这样嘛! 你丢了多少钱?"

"舞蹈大赛经费,全部!"新洋有气无力地说。

李灵珣怔住了:"全部是多少钱?"

"全部就是把我卖了也还不上的那么多!"

"你说话能不能严肃点?"李灵珣故作老成地说,"究竟是多少?"

新洋呃着舌头说了个数字。

"这些钱就能把你买了?"李灵珣喜形于色,"要不,卖给我?"

"买我,能抵啥用? 黄脸老太婆一个!"

"洗洗衣服,做做饭,还是行的。"

"当保姆使?"新洋挥舞着拳头,"欠揍!"新洋逼着李灵珣一路小跑,瞥见旭敏鄙夷而憎恶的神情,慌忙停下脚步,起身离开,心想:"或许是嫌我当着学生面与李灵珣追逐打闹,有损形象吧。"

"老师,"电话传来声音,"我要换寝室。"

"明天吧!"新洋敷衍了一句,就挂掉电话,想继续睡。她隐约觉得哪里不对劲,甚至有一种拖到明天就会出大事的预感。

新洋穿完衣服,径直走到李灵珣宿舍门前敲门。

杨松探出头来露出光秃秃的脖子:"找谁?"

"李教官。"

杨松"嘭"地关上门:"这女人,好不自重,自己找上门来!"杨松穿好衣服,门开门。

"那个,你叫李教官出来吧,我就不进去了! 我急着找他!"

"他睡得跟头死猪一样,要叫,你自己叫!"杨松斜着眼瞅新洋。新洋顾不上扭捏,径直奔向李灵珣床头。他像婴儿睡在摇篮里,脸上布满圣洁而安详的光辉。

"喂,喂。"

"你那样喊,没用!扇他!"杨松不耐烦地说。

"扇他?"

"对,狠狠扇!"

新洋狐疑地看着杨松。

"我每天都扇他起床!"杨松大言不惭。

"嗯嗯。"新洋伸出手捏住李灵珣的鼻孔,他发出含糊不清的呻吟,像赶苍蝇一样在半空中挡开新洋的手臂。

"醒醒,醒醒,李灵珣,醒醒。"李灵珣推开新洋左手,新洋立马又伸右手去捏住他的鼻孔。"啊,你?"李灵珣半睁着眼,伸手摸着新洋的脸,"我不是在做梦吧?我肯定是在做梦!"

"你装吧,龟小子!"杨松撩起大衣向外走,"你们快一点啊,我遛一圈回来!"

李灵珣睁大着眼,把床单往上扯了扯:"你,你怎么进来的?"

"少废话,快点!"新洋转过身去,寻找他的衣服,"学生那边估计要出大事了,咱去看看!"

"哪个衣柜?左边的?"新洋提起他的裤子、衣褂往床上一扔。

"还有……"李灵珣半晌不说话。

新洋扔了件衬衣过去。

"不是。"

"不会吧?"新洋羞红了脸,两团红霞飞向她脸颊,"剩下的,你自己拿,我出去等。"

新洋和李灵珣一声不响地立在门外,里面有哭声,有咒骂声,不绝于耳。

新洋推门进去,说:"同学们,请穿好衣服,李教官和我一起来看看你们!"

"啊!"一阵尖叫。

"可以进来吗?"

"欢迎教官!"隆重的掌声不绝于耳。顿时,吵闹声、咒骂声仿佛从地底下冒出来的人发出的,所有人都变成了彬彬有礼、温婉大方的女学生。

有哭声传来。

"别哭,有什么事,慢慢说!"新洋掀开慧芬捂住脸的被褥,一瞧,眼睛都肿得跟大熊猫一样,脸都哭成大花猫了!"先别哭,有什么委屈说出来!"

"她们说我偷了保管的大赛经费,说我监守自盗!"慧芬哭得很压抑,"老师,钱是我保管弄丢的,我愿意赔。但我没有偷,我没有偷,我不是贼!"

旭敏慌乱地插话:"都答应拿出来了,还说不是你偷的!"

"我没有,我没有偷!"慧芬急忙辩解。

"老师,我真的没偷!"

"你没偷,你哭什么! 做贼心虚!"旭敏气愤地指责,几个女生也随声附和。

"你们都少说两句,人家都哭成这样了,你们还不住口,还想人家怎样!"新洋愤怒地说。

新洋拍着慧芬哽咽得几乎抽搐的胸口说:"没事,别难过,我相信你! 我知道你哭是因为受了冤屈! 这钱,不用你来赔,我来解决! 你先睡觉,一切终究会水落石出的!"

新洋走下楼梯,来到路面,看着一言不发的李灵珣的身影被扯得很长、很长。

"你看出什么了吗?"

"我刚走进去,没凳子坐,旭敏挪出床沿给我坐。"

"我问你贼的事情!"新洋打断了李灵珣东绕西绕的话。

"我发现她说话虽然理直气壮,但是全身都在发抖,抖得床板晃动。"

"也许,她因为靠你太近而兴奋!"

"为什么?"

"明知故问!"新洋甩下这话就消失在浓重的夜色里。

回到床上,新洋打开手机,一条短信已至:老师,谢谢你,刚才不是你的宽慰,或许我已经跳楼或者割腕。

新洋大吃一惊,赶紧回复:不要拿别人的错误来惩罚自己。自古多少忠臣被诬叛乱谋反,多少将士被指犯上作乱,还不得活着! 只要一腔真心,还怕乾坤颠倒? 这点委屈算什么,就当是成长途中的小风浪,好好活着! 死了就失去了一切可能,活着使一切都有可能。

阳光照耀着四季松的树梢,整棵树仿佛罩上了一层金光。这片刻的绚烂让新洋会心一笑。笑过之后,愁又像蚕茧一样紧紧包裹着她。

旭敏带着一群人零零散散、无精打采地摆着漫不经心的舞姿,慧芬不知去向。

"喂,慧芬,你怎么没来练舞? 快临近舞蹈大赛了!"新洋慌乱地拨着手机,着急地问。

"你请假回家了? 现在动作还不熟练,许多地方还很生硬,你……"新洋的眼泪快要夺眶而出。

"那好吧! 你在家多加练习,调整心态!"听着慧芬着急的解释和坚定的承诺,新洋无奈地接受了现实。

"你们把手臂绷直,甩出去要整齐!"新洋走到舞蹈阵列前,气势汹汹地说。

"老师,我不跳了!"旭敏停下来,手中的舞姿像断线的风筝,去向不明。

"老师,我也不跳了!"几个女生随声附和。

新洋仿佛被怒火封住了理智,杏目圆睁地瞪着她们:"你们,你们……"

新洋掩着口,不想让任何人看到她被挫折撕开的伤口。在这里,强者的世界里,不容许弱者的哭泣,她转身,离开,一路小跑着,像受惊的小鹿,躲进宿舍那柔软而宽大的床上,放声痛哭。

"江老师,比赛快开始了,怎么还没有看到你?"李灵珣粗重的男声和浓重的鼻音自话筒传来,新洋把牙刷和毛巾塞进行李箱。

"我都快被炒鱿鱼了,你还不着急,看比赛着什么急!"新洋不耐烦地说。

"你来看看呀,同学们都期待你!"

"他们巴不得这场舞跳砸! 我现在收拾行李,准备走人!"

"你先别急着收拾行李,先来看比赛!"李灵珣以一种不容人拒绝的口吻命令道。

新洋听着这威严而自信的声调,心里头感到莫名的踏实。

宽阔的露天看台下坐着密密麻麻的人群，新洋胆怯着，像即将汇入大海的小溪流，担心海水之宽广淹没了渺小的自己。

"别愣着，跟我走！"不知从哪里冒出来的李灵珣说。

新洋转过身来，看着身边高大英武的李灵珣，浮躁而奔突的心霎时静了下来。白白的蓝天，飘扬的浮云，闻花香，听鸟鸣，还有李灵珣闪烁而深情的眼。

"还愣啥！我们的队快上场了！"

李灵珣拉起新洋的手，撒开腿就走。

新洋像被闪电击中，一股温暖而炙热的电流自手指尖顺着血管奔腾，冲撞着浑身每一个迟钝的细胞。

"你，你……放开啦！"新洋半是娇嗲，半是气愤地说。

"哦，"李灵珣放开新洋的手，怀顾着四周诧异的眼神，尴尬地挠了挠后脑勺，"对不起，一时急了！"

新洋真想四周的人群散去，天地之间，她和他，在漆黑的夜幕下，在茂密的丛林后，他不再是规规矩矩、秋毫无犯的男孩，而是越挫越勇的坏小子，偏不放开她的手，反倒把她抽回去的手紧紧握住，甚至往自己怀里扯，把她整个人紧紧地裹在胸前。

"你还愣啥？"

新洋尴尬地回过神来，如果李灵珣真是那样浪荡轻浮，或许我早已不喜欢他了。

"没，没愣啥！"

"那快走啊！"

新洋看着李灵珣像只泥鳅在泥水沟里一般在人群中穿梭，快步跟上去。

《蝶恋花》的舞曲悠扬地飘荡在天空中，一男一女为主的舞蹈在难舍难分地纠缠着，似蝴蝶，似鸳鸯，似藤缠树，那音乐像勾人心魄的魔笛，恍然有一个凄美而哀怨的女人在唤回她一生眷恋的那个男人。

新洋看着身旁的李灵珣那紧皱的眉头、挺拔的双肩、深邃的眼珠、宽大的鼻孔、紧抿的双唇，醉了，似饮下了一杯不复醒来的酒。她只愿在那情海里漂泊，但愿不复醒。

"到了咱班!"新洋仍如醉如痴地沉浸在《蝶恋花》之中,李灵珦俯下身来,在她耳边说。

《外婆的澎湖湾》的乐曲响起。她一下像回到了小时候,扎着牛角辫,坐在清澈的小溪缓缓淌过的青石板上,用光脚板轻轻地拍打着溪水,看那四溅的水花。李灵珦也缩进了她的孩童记忆里,像鱼儿一样在那清澈的溪水里畅游,还时不时扮"水鬼"来挠她那光脚板。"你真坏,真坏!"新洋拼命踢水,让水珠溅在原本已经湿漉漉的李灵珦的身上。

"怎么样?"李灵珦甩了甩被新洋紧抱的手臂,"不用太紧张!"

"哦,对,对不起!"新洋拨了下刘海,"她们跳得很好,完全超出我的预期!"

"那,是不是可以松开……"

新洋顺着李灵珦的视线看去,她还紧紧抱着李灵珦的手臂。你就不能装作不知道吗?讨厌!新洋的心里埋怨着,悻悻地松开了手。

"快注意听,在报比赛结果!"李灵珦向前倾了倾肩,对新洋说。

喇叭里播放着"教官团团长"那绷紧的声带发出的声音:"《外婆的澎湖湾》第三名……"

"啊!"李灵珦和新洋兴奋得击掌而庆,"进了前三,我真没想到……"

新洋兴奋得踮起脚尖,想知道《蝶恋花》的名次。直到最后,才报《蝶恋花》,最后一名,垫底了。新洋轻声叹了口气,替瑞琴惋惜。

"李教官,你说,《蝶恋花》至于那么差吗?"

"主题倾向有问题!"

"怎么说?"

"一是偏离了儿童节,二是偏离了校园,犯了谈成人情感的忌讳!"

"可是,跳得很好呀!"

"那不顶用!"

新洋转身离开。

"江老师,我许诺他们拿到前三就聚一餐,你和我做东!"

"啊!"新洋瞪大眼睛。

"你不想掏钱?"李灵珦迎向她吃惊的眼神,"那我做东,不过你也得去!"

新洋看着李灵珣毫不避让地与她对视，那眼神无畏无惧，无尘无扰。

"你愣住干吗？"

新洋回过神来，自嘲地苦笑了一下。

"你这笑，比哭还难看！"

"我这人哭难看，笑更难看，就不去聚餐了，免得败了你的胃口！"

"不，我不是那个意思！"

一群打扮得像乡村孩童的学生涌过来："老师，教官，咱们进了前三啦！"

新洋定睛对他们瞧了瞧，透过他们浓厚的舞台妆，看到了几张轮廓清晰的脸。

"教官，进前三的奖励呢！"旭敏的声音冷冷地透过来。

"走，咱一起聚餐去，拉上你们的辅导员！"李灵珣被簇拥着朝校外走。

"老师，快，跟上！"慧芬站在新洋身边说道。

"对了，慧芬，上次丢钱那事……"新洋和慧芬向校外走去。

"教官替我垫上了。"慧芬笑了笑，"不然，我们哪里有经费筹备舞蹈大赛！"

"你们跳得真好。"新洋又补充了一句，"你的领舞很美。"

"你那晚和旭敏闹僵了之后，一直是教官在监督我们的舞蹈表演！"

"原来如此！"

新洋涌动着澎湃的谢意，催促慧芬："咱快点跟上！"

走进一间装饰简单但却温馨的餐馆大包厢，新洋径直朝李灵珣走去，不由分说地坐在他的身旁。

"我，我喝醉了。"新洋嘟嘟囔囔地说，弯曲着身子往李灵珣靠。

"你站好了。"李灵珣推开她，她像一摊软泥，歪蹲在地上，他又连忙扶起她。

"怎么有这种女人？ 一醉就像没长骨头似的，明明知道自己不能喝酒，就别喝那么多，醉成这副模样！"李灵珣搀扶着新洋歪歪扭扭地向前走，"也不怕被别有用心的男人占便宜！"

"被，被谁占便宜？"新洋满嘴酒气，朝李灵珣脸上直喷，"你，你吗？"旋即，她又伸伸手，左右摇摆，"不，不是你！ 你年轻、帅气、高大、健壮，应该我占你便宜才对！"

“我不会这样占你便宜，你放心。”

“什么？”

“你放心！”

“和你在一起，我没啥不放心的！没，没啥不放心的！”新洋噘着嘴，向前凑上去。“李灵珣教官，我喜欢你，你知道吗？一个临近三十岁的老女人对十九岁的男孩的喜欢有多炙热、多痴狂、多绝望，你知道吗？我快老了，作为一个女人，最美丽的韶华已远去，而我，甚至不曾被爱过，你懂这浓重的凄苦吗？我想要，想要和你一起热烈，一起燃烧，一起沸腾，一起毁灭，你知道吗？可是，我不能！我不能！我老了，垂垂老矣！我不想你成为我不幸人生的填补，不幸是我的宿命，而不是你的宿命。你年轻，充满无限可能，你可以挣脱一个牢笼，去到更宽阔的天空，而我，只能在一隅之地苟延残喘……”

“你，你真的醉了！”李灵珣搂住她的腰肢，生怕她躺在地上。

“我没醉，”新洋指了指脑袋，“我头脑清醒得很。你干吗对我那么好，干吗这么关心我？”

“我，我……”

“你喜欢我，是不是？”新洋自鸣得意地笑了，“你让学生先走，刻意留下来和我待在一起，是不是？你不说我也知道你喜欢我！你眼睛里有一团火，一团熊熊燃烧的烈火，焦灼奔腾的烈火。你看我的时候，我就从你眼中看到那团火！”

“我，我……”

“说一句‘喜欢我’有那么难吗？是爱在心，口难开，还是根本不喜欢我？我自作多情。是不是？”

“你喝醉了，我不听信醉酒人说的话，也不对一个醉酒的女人告白。”李灵珣直接把新洋抱起来，一级一级地走上楼梯。

“她喝酒太多，醉了！”李灵珣敲开房门，对门边瞪大眼睛的瑞琴说道。

李灵珣把新洋放在床上，轻轻为她扯上被子，悄悄地退了出去。

清晨醒来，新洋感到头痛欲裂，像被一记闷棍打中头样，而瑞琴早已出门。

新洋摇摇晃晃地洗漱，睁着惺忪的睡眼，回忆昨晚的点点滴滴，对李灵珣既爱又敬，既恨又爱。

走到操场，见到李灵珦，新洋对他的仰慕与尊敬逐渐升腾，而贪婪与占有消磨殆尽。

"李灵珦！"

"江老师，"李灵珦满头大汗地走过来，"好些了吗？"

"好多了，不碍事！"新洋故作镇定地问，"我听说这次比赛的经费是你出的，是这样吗？"

"嗯，"李灵珦转着眼珠，"有什么不对吗？"

"不，不是，"新洋急忙摆手，"你对我太好了，替我化解了这场危机！"

"没啥，咱是同一条船上的蚂蚱，船翻了，我也要受罚！"

"钱是由我支配，也是我任命的人丢的，应该由我赔上！我会拿钱还你的！"

第九章　解开了误会

新洋太疲倦了,疲倦得想要缩进夜的巨大苍穹里。可天刚露出微弱的光,新洋手机短信的声音就把她闹醒了。

"我想找你出来谈谈。"杨灿在短信里说。

"我们没什么好谈的。"

"不是谈我们,是谈李设计师的事。"

"好吧,哪儿见?"

"天安门,怎么样?"

新洋自小想去天安门的梦想即将变为现实,她心花怒放。和杨灿在一起,去哪儿,她都心花怒放。来北京这么长时间,她都没去天安门。不,去过一次。那次,她刚走出长安街地铁口就看见两个扛着真枪实弹的士兵站在那。她慢慢走上前问天安门的位置,其中一个士兵就把垂下的手臂放在枪身上,另一个士兵指了指。新洋一见那握枪的姿势就吓得不敢再去天安门了。长安街尚且如此,天安门就不必说了! 她心想:估计这阵子有什么重要的会议要开,我改天再来!

杨灿仿佛有一面读心镜,越过千山万水也能读懂新洋的心。新洋像被暖阳烘着,心里涌动着一股暖流。

洗漱时,不经意哼着乡间小调的新洋把心如死灰的袁玥惊呆了,瞅着莫名其妙的她。

去天安门的路上,新洋像一个与心爱的男子约会的少女,怀揣着十五只兔子——七上八下。

"我是傻了,还是痴了、呆了?"她狠狠地责骂自己,"人家随便说点什么就信,一喊就屁颠屁颠地去!"

走到长安街地铁口,迎面看见杨灿满怀沮丧地走来,他高傲的头埋进胸膛里,显得驼背,步子沉重得像在泥沙里行走,脸色像一块凝住的黑铁。

并肩行走的这两个人，就在不久前，还在一张床上调情，此刻却沉默着。

新洋仰头瞧了瞧那面红旗，旗柱高耸入云，旗座旁朝四个方向立着四名卫兵，一动不动。红旗迎风招展，时而朝东，时而朝南，时而朝西，时而朝北，它不知道风从哪里来，只知道顺着风去的方向飘扬。

天安门城楼上的毛主席像佛祖一样俯视众生，又似微笑着，笑看城楼下的浮生百态。

新洋看了看身边的杨灿，又瞧了瞧眼前的金水桥。金水桥上站满了士兵，只留下桥中间供游人通过，想往后退的新洋看着杨灿坚毅的脸，便抖落了惊慌，信步走上桥去。她对眼前清一色绿色军装的士兵惊叹起来，真帅，身材又笔挺！她又看了看杨灿，比那些一米八个头的士兵还高，约莫一米八三。她又看了看身旁这个属于别的女人的男人，不由地想，要是能生个这么伟岸的儿子该多好啊！

杨灿斜着眼，偷瞄着新洋一会儿惶恐，一会儿凝重，一会儿似笑非笑的神态，心里紧绷绷的，想好好疼这个女孩，却知道有的疼爱就是伤害。

走下城楼，久不作声的杨灿终于开口了："新洋，之前的事，我对不起你。"

"呵呵，"新洋笑了几声，"更对不起的人多了去了！"

"你这种冷嘲热讽的语调让我难过，我真没，真没做那事！"杨灿窘迫得脸都青紫青紫的。

"你没做，人家能硬栽你头上？"新洋气愤了，"你这样抵赖不认账和我有什么关系？难不成要去做你生命中的第二个女人！"新洋把"第二个"说得很大声，周围的人群像看一对小情侣吵架一样笑了。

"你别嚷，别嚷好不好？"杨灿满含歉意地对惊扰的人微笑，"我没有冒犯的意思。"

"那你承认了？"

"那事，我真记不太清楚，我和李设计师不熟！"

"仔细想想！"

"细想来，就是去年年底公司新年酒会一起喝酒。"

"你八成是趁人家喝醉了……"

"我倒真的和她一块儿待过。"杨灿更沮丧了，"那晚，两人都醉了，其他人也醉了,胡乱地各找客房睡,不知怎么……"

"怎么?"

"醒来就见她哭哭啼啼的。问她出啥事了,她也没说,我也就没当回事儿!"

"没当回事儿! 没当回事的事现在成了大事儿!"新洋声调顿时高了八度,还带上了京腔里的"儿化"来饶舌。

"现在怎么办?"

"怎么办? 回家找媳妇商量去,我是不趟这浑水了!"新洋如释重负地重复道,"不趟这浑水了!"她又心意已定地说:"我决定离开北京!"

"你要离开?"

"嗯。"

"去哪?"

"还有哪儿去,回老家!"新洋被杨灿着急的劲儿逗乐了,"我回去毕业论文答辩呢!"

"那咱俩?"

"就像那桥下流水、水面浮萍!"新洋指着金水桥下的睡莲,不无哀伤地说。

"那李设计师那事?"

"你找袁记者吧! 我是她的走卒,一枚棋子儿而已!"

"我又不是将、帅!"

"在有的人眼里,你或许就是!"

"还回来吗?"

"回来? 这又不是我家! 以后的事,谁说得准!"

"北京欢迎你。"

"喂,你还欠我的钱,别想赖!"

"你还泼脏了我这一身衣服,吐了我一脸,我都没找你赔钱!"

新洋和杨灿一路笑笑闹闹地走出故宫。杨灿在路边自助银行把钱转进新洋的银行卡号。彼此说说笑笑,好像久别重逢的老朋友。

"你这大半天,去哪儿了?"春风满面的新洋一进公寓门就撞见袁玥一个大黑脸。

"去拿钱。"新洋自知理亏地说。

"拿谁的钱?"

"去杨灿那拿钱。"

"你拿了杨灿的钱?"袁玥近乎咆哮地问。

"我自己的钱,我怎么不能拿?!"新洋针锋相对。

"你们别吵了!"金霞声音虽小,但其中的愤怒已不可遏制。

"新洋,你为什么去杨灿那拿钱?"

"什么为什么,交易呗。"袁玥冷嘲热讽。

"上次泼脏人家衣服赔人家的钱,人家还给我了。"新洋低声地说。

"这不明摆着吗? 交易!"袁玥更加肯定地说。

"泼脏的衣服,洗洗,不就成原样了! 他当初就不该坑你,要你赔钱!"金霞理直气壮地说。

"你们是老乡,一个鼻孔出气!"

"他不是那种人!"新洋不禁吼道。

"你也别冲我吼,他是个什么样的人,医院里躺着的人不说得明明白白了吗?"袁玥恨得牙痒痒。

"谁上医院了?"新洋扭头问金霞。

"楠楠。黎凡在火车站候车厅找到她,高烧不退,在说胡话。"金霞缓缓地说。

"那我们快去看看她。"

洁白如纸的床单和面如死灰的李楠一样,都毫无生气。四周白色的墙壁,好像垂死的病人的脸。新洋很害怕医院,仿佛进医院就是个劫,不是劫财,就是劫命。

黎凡静静地坐在病床旁,他的双手紧抱着头,像一头受伤的猛兽。他抬起头看见新洋和金霞,黯然的眼神里闪出一束惊喜的光芒,倏忽又消失不见。他冲她们做了个"别出声"的手势,就领着她们走出病房,寻了个僻静的地方。

"她刚睡下,我找到她时,正发着烧,满口胡话。"黎凡顿了顿,清清喉咙,"这段时间,她过得很苦,要不是因为我,她一个家境优越的千金小姐怎么来北京遭这番罪!"

新洋和金霞从来没听过李楠说自己的家境,都把她当作她们自己一样的家庭——农民家庭,正因为家境卑贱,为了改善生活才来北京闯荡。新洋看着黎凡像祥林嫂一样见到人就自责,心中像扎了根刺一样难受。这些日子,黎凡才遭了不少罪,吃了不少苦。她想不出这场悲剧的发生责任该归谁,或许是不可知的命运吧! 可人的行动在于自己,李楠为何要走这条悲苦之路呢? 为了那个至今还混混沌沌的爱情幻梦吗? 可又为何把爱情幻梦系于杨灿这个已婚者的身上? 即使背负不为人知的痛苦和独立抚养的艰辛,也无怨无悔吗?

"病人亲属,快过来!"一名护士急匆匆地呼唤黎凡。

黎凡尾随护士进入病房,新洋和金霞紧随其后。

李楠正在阻止护士为她输液。

黎凡小声地劝慰着,像哄一个不听话的小孩一样。新洋却发现李楠用求助的眼神看着自己,天安门城楼下的一个闪念使她浑身打了个寒战。李楠想保护这个孩子,杨灿的骨肉! 她拿起输液瓶,记下了主治医生的手机号码,悄悄地走出病房,打电话给主治医生说明李楠已经怀孕的情况,以及她拒绝输液的原因——想要保住肚子里的孩子。

不一会儿,护士拿着按新的药品处方调配的输液瓶走进病房,新洋走上前,轻轻地对李楠说:"没妨碍的,你放心用药吧。"

黎凡像看一尊神佛一样看着新洋,她轻轻一句话就使固执如牛的李楠瞬间变为温顺的羊羔。

"黎凡,我看,你从昨晚到现在也没合上眼,你回去歇一歇吧。"金霞说。

"我没事,我不累。"黎凡强撑着说。

"你还是去睡一会儿,顺便把李楠的行李送回北漂公寓,我们现在在这陪着,以后靠你照顾她的时候还长着呢。"新洋劝说道,她刚收到杨灿要来医院找李楠的短信。黎凡和杨灿这两个人碰面,终究是不尴不尬的。

"李楠,对不起。"黎凡走后,新洋蹲坐在李楠面前说。

"你一直想帮我而已。"李楠惨淡地苦笑。

"你这样子,以后怎么办?"

"眼下这一次都不知道能不能迈过,还谈什么以后?"

"其实,黎凡如果知道你因为怀了孩子所以离开他,他或许愿意接纳你的孩子,视如己出!"

"即使这样，我也不愿意误了他！"

"杨灿的情况，你或许知道得不多。"新洋凑上前去，"他能有今天的地位，全靠他老婆！"

"我早就知道！"李楠的回答使新洋大吃一惊。

"你知道，还……"金霞不解地问。

"你没经历过我的人生，你不明白我的。"这饱含沧桑的回答让听着的人心坎上起了层层波纹。

"那你说说，让我们明白，也好知道怎么帮你呀！"

"我在家等黎凡完婚，婚期到了，他没回老家，我就上北京找他。"

"我们都知道。"

"我刚上北京，找不到工作，又遇了车祸。"

"车祸？"

"我躺在路上眼睁睁看着肇事车辆逃避，后面的车辆仿佛没看到我，我却动弹不得，杨灿在逆方向车道上发现了我，就紧急越过分界线，肇事车辆停在大卡车前，当时两辆车差点就撞上了。"

"他救过你的命？"

"是的！我因此活了下来！"

"可，可是……"猛然从李楠口里听到这震惊的真相，新洋语无伦次，"于是，你就以身相许，并且，要为他添丁？！"

"他要求的？"金霞插问道。

"他没要求什么报答，是我主动的。"李楠斩钉截铁地辩白。

这时，杨灿走了进来。

"对不起，李楠，是我告诉他你在这里。"新洋像犯了错的娃娃一样等待处罚。

"没事，谢谢你。"李楠对新洋报以一笑，她看杨灿的神情浑然像一个热恋中的少女。

"真没想到，真没想到。"新洋和金霞识趣地让他俩单独谈谈，信步走出病房门口，新洋自言自语地说。

"你这是怎么了？一副如丧考妣的模样。"金霞纳闷地问。

"哦，没什么。"新洋说完，便盯着一圈白晃晃的墙壁发愣。

杨灿看着面色逐渐红润的李楠，紧绷的心稍微松弛些，但他又犹豫着，害怕自己的关心会给她带来更多的幻想，又担心自己的冷漠会使她丧失生活的信念。他小心翼翼地打开话匣子："近来过得好吗？"

听着他温柔而亲切的问候，李楠的眼泪刷刷地落下来，她觉得吃再多的苦头也值。

"你别这样，楠楠。"束手无措的杨灿靠在病床前。

听杨灿不再冷冰冰地叫她"李设计师"，而是像车祸后躺在病床上那样唤她"楠楠"，她的泪流得更凶猛了，汪洋恣肆地倾泻。她心想：他终于想起了过往，也记起了我是他的女人！

"我对不起你，我就是一混蛋！你骂我吧，你打我吧，你爱怎么样罚我就怎么样罚我！"杨灿紧张地说，"求你别这样，别哭！"

李楠吃吃地笑了起来，笑得杨灿丈二和尚摸不着头脑。

"这输的液对肚子里的孩子几乎没什么影响，都是营养液。"李楠拔了下输液管，不好意思地把头别往一边。

"你真确定这肚子里的孩子是我的？"杨灿半是惊慌、半是惊喜地问。

"我只有你。"李楠苍白的脸上泛出浅浅的红晕。

"啊！"杨灿惊叹了一声，继而大喊，"苍天怜我，苍天怜我！"两行热泪从他的瞳孔里溢出，他凑唇到李楠脸上，猛烈而持久地亲吻着，"你这傻姑娘，你真傻，傻透了！我真迟钝，真的迟钝，要不是，要不是新洋说出来，我真的不知道！我真的喝多了，头昏脑涨，什么都似幻非幻，似真非真的！"

"我，我喘不上气，"李楠推了推他的胸膛，"你堵住了我的鼻子！"

杨灿憨憨地笑了笑，退了退身子，含情万分地看着眼前这个"傻透了的姑娘"，脸上的幸福和满足转瞬即逝。愁容迅即爬上了他的脸，在他的额上勒下一道道皱纹。

"我有妻子，还有一个四岁的女儿，我爱她们。"杨灿心如刀绞地说。

"我知道。"

"她虽不完美，但在我一无所有，什么都不是的时候嫁给我！"

"我知道。"

"她这些年倾尽心血支持我,支撑着我一步步走向今天。"

"我知道。"

"我给不了你什么,你还年轻……"

"我不需要你给我什么,一切都是我自己选择的。只希望你能抽空看看我们就好。"

"可我,我甚至都没有什么办法弥补你。"

"不要谈什么弥补,我不要你任何弥补,有你就足够了!"

"可我,我……"

李楠伸出手抚了抚他紧皱的眉:"我不想破坏你的婚姻,也不想摧毁你已有的幸福,我只想让你更幸福!"

杨灿伸手理了理李楠散乱的刘海:"可你会苦一辈子!"

"不,我不苦。从大卡车的车轮下捡来的余生都是幸福的,能偶尔见到你,都是幸福!能拥有你的孩子更是幸福!"李楠倾着身子,小心翼翼地绕过塑料输液管,搂住杨灿粗壮的腰身,仿佛搂住了余生的整个世界。

"金霞,他们谈得差不多了,我们可以进去。"新洋从等候的座位上站起来,以一种不容置辩的语气提议道。

新洋和金霞推开虚掩的病房门时,看到走廊窗户旁一个身形颇似黎凡的身影一晃而过,房里杨灿轻抚着李楠的秀发。

金霞尴尬地想退出去,不小心撞到门框,惊动了沉浸在爱河中的两个人,他们慌乱地分开了。新洋愣愣地立在那里,心里像蜜蜂蜇了一样,脸上阴晴不定。

杨灿见她俩进来,房间顿时显得拥挤,便挪了挪粗大的身躯,腾出了一大片空间,他变戏法似的掏出一副扑克牌,围着李楠的病榻,四个人"大王、小王"地喊着,兴高采烈地玩着,无忧无虑的欢笑声在病房里弥漫着。

"愿得一人心,白首不分离……"悠扬的手机铃声响起,杨灿走出病房,柔情款款地说:"马上到家。"杨灿的声音尽管很低,却像惊雷划过李楠的心坎。

"我有事出去下,明天再来看你。"他走进病房,同样柔声细气地对李楠说。

"李楠的病就拜托你照顾了!"杨灿对新洋说。

李楠朝新洋望去,脸上满是惆怅。

在这如麻的乱丝中,新洋很想抽身而出,想爱的不能去爱,想退的无法退,进也难,退也难,她真不想掺和了,真想对着李楠、杨灿喊:"感情是你们自己的事情,你们别把我扯进去!"但她还是抑制了内心的烦躁,缓缓地调侃:"别客气,咱俩啥关系,照顾李楠,我义不容辞。我有事要忙活的时候就通知你。"她心里恨恨地说:"咱俩啥关系都没有! 我和你们这怨男痴女八辈子都挨不上边,八竿子都打不到一块儿!"

金霞好奇地问李楠:"你们谈得怎么样了?"

李楠幸福而羞涩地笑了笑:"他认可了我肚子里的孩子。"

"那他有没有答应和他老婆离婚,然后娶你?"

"我没有要他离婚呀! 我偷占了她的男人,对她已经很过分,我不想摧毁她的婚姻和她幸福的家庭!"

"她就是为爱犯傻,为他付出一切,却什么也不要,不要名分,不要金钱,不要……什么都不要!"新洋愤怒地对金霞说,转过头面对李楠说,"你以为这种不顾一切的冲动很伟大吗? 你不过是一心想报恩而已。与封建社会里那些对自己有救命之恩的男子以身相许,有多大区别!"

金霞不知所措地看着面目狰狞的新洋和气色突转苍白的李楠。

"其实,你心里比我更清楚这不仅仅是报恩,你也曾经迷上他,不是吗? 你不过是嫉妒我能成为他的女人!"

"李楠!"新洋觉得一滴滴血在心里渗出,眼眶里有一股宛如瀑布一样汹涌的泪往外冲,"我的确着迷过,但我不嫉妒你,我只是希望你幸福,希望你……好,我不说了。我说再多,也只能是你眼中的情敌,妄图破坏你的幸福。这段时间,我的奔走忙碌就换来你对我的质疑,我的苦口忠言只换来你的猜忌!"她顿了顿说,"你不用猜忌我,过几天,我就回南方。"

金霞急忙把新洋推出病房说:"你别和李楠计较,她怀着孕,又生着病。你先回去,我来劝劝她。"

新洋强抑的泪水淌出来了:"我只是为她好,没想到……你也别劝,万一你劝他别为那男人生下这孩子,她还当你谋害她,由着她自己吧!"

"你真决定回南方?"

"嗯,我已经准备辞职了。"

"还会再来吗?"

"我也不知道,总感觉自己像一个疲于奔命的旅人,站在此岸看彼岸,繁花似锦,于是飞蛾扑火般地奔向彼岸,当身处彼岸,昔日的此岸成为那时的彼岸,又恍然望去,彼岸美丽如画。或许是我永远逃脱不出的彼岸与此岸之谜。"

阳光散尽了一天的热,躲进了静谧的群山背后。

"听金霞说,你准备离开?"一直对新洋耿耿于怀的袁玥小声问道。

"嗯。"

"想好了吗?"

"想好了。"

"咱俩去西苑走走吧。"

新洋颇不情愿地走在灯火明亮的大街上,心想:我是不是应该为动手扇她耳光的失礼道歉?

"对不起。"新洋诧异地听到向来不屈服的袁玥说出道歉的话。

"没、没什么,"新洋慌乱地回答,"是我对不起你。"

"如果不是我把你搅和进来,你也不会……"

"事情的原因和结果都不是我们预想的那样!"

"是啊!我听金霞说了。缘分!"

"缘分?"

新洋和袁玥凝望着。她们在看什么?遥不可及的生死相许?难以乞望的白首相偕?

"那天,你出事的那天,我正和戴维德闹别扭!"袁玥又恢复了那若无其事的语气解释道。

新洋看了看袁玥,她近三十岁了,离开重庆一家电台的岗位进京,先后在十几家媒体跳来跳去。新洋知道她的若无其事是装出来的,她越是装得云淡风轻,内心的痛苦越是汹涌澎湃。

"为什么事闹别扭?"

"为钱。"

"钱?"

"嗯,戴维德说他的 CITIPORT 旅游地图软件缺一大笔市场启动资金。"

"你能怎么办?"

"他说一旦市场开发成功,他会有几千万的利润!"

"那又怎么样?"

"他说他会带我去台湾见他的父母,然后去拉斯维加斯注册结婚。那里的婚姻法不允许离婚。"

"他想要从你那里得到什么?"新洋直截了当地问。

"我爸在重庆有一套一百万的房子。"

"他还有其他房子吗?"

"没有,我爸就住那套房子,那是他毕生的积蓄。"

"他教唆你去诱骗你爸把房子卖了?"

"你干吗把'教唆'和'诱骗'这样的字眼放到他身上? 他爱我!"

"哦,哦,"新洋冷笑了两声,"他把你从迎面驶来的大货车车轮底下救出来了?"

"那倒没有!"

"他爱你? 爱到让你爸卖掉家里住的房子给他投资? 他那旅游地图能比得上谷歌地图? 谷歌地图可是免费使用的,他想从哪里获得利润?"

"他、他……"

袁玥哑口无言地立在风中。

爱? 每个人都像中了爱情的蛊一样! 新洋自嘲地想着。

"那天,我也是这样与他争辩,结果没有注意到你面临的危险!"袁玥说着低下头。

"我原谅你,希望你也能接受我的道歉。"

"嗯。"袁玥郑重地应允。

袁玥站在立交桥上凝视远方,天空中飘浮着几团棉花糖般的白云。她好想飞上那白云,戴维德也伫立云端,他们腾云驾雾,自由翱翔。立交桥下车水马龙,穿梭如织,她皱了皱眉头,在心里沉重地叹了口气,我该怎么办?

戴维德的软件开发已陷入最艰难的阶段,她却无力帮他走向成功。"他需要的只是'一点点'钱而已,而这'一点点'钱,我穷尽一生也挣不到啊。"戴维德仿佛立在一座巨大的金矿前却买不起一把撬开泥土的铲子。他的焦灼让袁玥心痛不已。

沉甸甸的挎包压得袁玥的右膀酸痛。她极目远眺,终于看见了玉雕街那仿古建筑的一角,顾不上肩膀的痛,快步奔去。

一个老人家坐在柜台后,怡然地看着书,袁玥觉得老人家比较和善,鼓起勇气走进去。

"您有什么事?"老人家问她。

"我听说这里有玉石加工店。"袁玥胆怯地说。

"把你带来的石头拿出来看看。"老人家放下书,抬起头朝袁玥说道。

袁玥慢吞吞地拉开挎包的拉链,拿出石头。

老人家庄重地拿出一方白色的绒布,示意袁玥把石头放上去,然后拿出强光手电筒,围着石头打着各角度的光束,不停地啧啧赞叹。

袁玥心里的希望之火也在他的赞叹声中越燃越旺,她终于鼓起勇气问:"您看这石头值多少钱?"

"你若放在我店里加工,成品起码值八十万。"老人家满怀信心地说。

哇,八十万!这足够戴维德的市场开发费用。他的软件再挣上几千万,那我们就不用再干活了,每天恩恩爱爱地过两人的生活。袁玥一边想着,一边露出神秘的微笑。

"那加工费多少?"袁玥看着桌面价值不菲的石头。

"从石头到玉石艺术品需要设计、雕刻、打磨、抛光等复杂步骤,而且玉器要通过拍卖行才能卖到好价钱。拍卖行要先做好图鉴,再定向投放到意向人群,再开拍卖会……"老人家絮絮叨叨地说着。

袁玥急切地问:"究竟得花多少钱?"

"两万左右。"

"啊!"袁玥张开嘴巴,愣住了。

老人家从书桌上的一堆书里抽出来一本说:"您瞧,这是我们去年的拍卖结果。您瞧瞧这尊寿星立像,拍出了三百多万。你再瞧瞧这幅渔樵图的摆件,成交五百多万!"

"可是我拿不出两万块钱。"

"舍不得孩子,套不住狼啊!做什么生意,都要下本钱。"

"可我拿不出那么多本钱。"

"那你拿得出多少?"老人家凑近袁玥问道。

"一万?"

袁玥无奈地摇摇头。

"五千?"

袁玥继续摇了摇头。

"两千? 一千?"

袁玥愣了一会儿,寻思着自己的口袋里只有几百元,她鼓起勇气提议道:"您能把这石头买下来吗? 那你就可以挣几十万了!"

老人家的脸顿时涨得像猪肝色,但一瞬间,就恢复成原来的惨白。他把面前的石头往外一推,身子往椅子后背一靠:"快拿走,拿走,走!"

袁玥还想说些什么,但老人家已经拿起书,她便识趣地拿起石头,走了出去。她恍惚明白了什么,但她仍然没丧气,朝着一扇摆满石头的店门走去。她伸了伸脑袋朝里头问了声:"你们这收石头吗?"

"收啊!"

袁玥欣喜若狂地拿那石头朝他露了露。

"五块钱!"

"你这是说行话吗?"

"你是听不懂人话吗? 人民币五块钱,卖,就搁下,不卖,别挡着道! 我这还得做生意呢。"

袁玥嘀咕着:"五元钱? 还不够路边吃碗面!"她来时的希望已经碎成一地的玻璃碴。路边小摊热气腾腾的馒头唤起了她沉睡的饥饿感。

"馒头多少钱一个?"

"一元一个。"

她掏出五元钱,买了五个,坐在方凳上吃:"我这石头只值这五个馒头,我才不信!"

她一个劲儿瞎想,不知不觉五个馒头落入肚中,也不觉得饱。那馒头比鹅蛋还大,面粉也很结实。

她走进街角深处的小巷,那里有叮叮当当的锤击声传来。

"喂,有人吗? 有人吗?"

"干什么?"

"请问,您这里加工石头吗?"

"当然加工,"一个满头长发的男人顶着硕大的波浪卷朝她走来,"不过,硬邦邦的石头,我不加工,只加工玉石。"

"您给看看我这块。"袁玥拿出挎包里的石头。

"料子不错。"他瞧了瞧,放在掌心掂量。

"要多少加工费?"

"加工费?"那波浪卷发的男人笑了笑,"那要看你雕什么样式了!"

袁玥朝他工作间瞧了瞧,角落的一个货柜上摆放着几十尊形体各异的陶俑般的玉雕:"这种人体雕像呢?"

"这种啊,只要两百元一个。"

两百元?袁玥暗想,把这种玉器拿去拍卖行,应该能卖个十来万吧!除了石料成本,这可是一个投一赚百的好买卖。

"不过,这种玉雕需要人体模特。"

"请人体模特?一小时得千八百元!"袁玥惊叫了起来,吊着嗓子说,"我自己做这玉雕人像的模特,可以吗?"

"既然不想请模特,那就将就着用你吧!"

"躺那沙发上!"

袁玥朝四周望了望,地板上横放着一张木板床,床铺上铺着两床如缠绕的蛇般蜷缩的被子。

这也称得上沙发?她在心里冷笑了一声,艺术家真会想象。

"躺好!像电影《泰坦尼克号》里的露丝那样躺着。"

袁玥很不情愿地躺在那布满工作车间的灰尘的"地铺"上。

那个长发男人发动了一台机器,轰隆隆地响。他把石头放在一个方形槽里,双手不停地翻动。

他又把一台缝纫机般的机器挪到她跟前。那机器发出嗞嗞的声响,仿佛一大群老鼠在开会。

长发男人不时抬头看她,又埋下头去拿着锥子般的东西东敲西钻。

"现在雕眼睛了,眼睛是心灵的门户。你用露丝看杰克的眼神看我。"

"什么?"

"用露丝看杰克的那种眼神看我!"长发男人用近乎咆哮的声音朝袁玥吼,仿佛与轰鸣的机器一较高下。

袁玥已经听清了他说的每一个字,第一遍就已经听清,她只是对他的要求困惑,但她的质疑也只是条件反射的一瞬而已,马上就装出含情脉脉的神态。

他的头发真够乱,就像抓一丛杂草戴在头上,只露出脸和脖子。她又望了望他的眼,仿佛含着深深的怨。他的目光很专注,专注于艺术创作的人有一种别致的美。他的皮肤很粗糙,仿佛长时间在阳光下暴晒。他四十岁上下,黝黑的皮肤也在诉说着生活的艰辛和岁月的沧桑。

"你是本地人吗?"长发男人在袁玥的注视下浑身不自在,打破了沉默。

"不是。"

"你来北京多久了?"

"几个月。"

"来投亲戚,或是嫁人?"

"都不是。"

"那,那……"长发男人又陷入了沉默,或许是机器的噪音淹没了他后面的话。

他盯着手中的雕像,一眨也不眨。

"头部已经刻好了。"

袁玥闻声准备爬起来,他紧张地示意她别动。他松开了机台上的几个螺丝,拿起玉雕人像朝她走近。

"哇!好美的脸庞!"袁玥忍不住惊叹。

"嗯,真的好看。"

袁玥下意识地朝货柜上摆放的玉雕人像看去,想和货柜上的人像比一比。

怎么这些人像的轮廓那么像同一个人? 她的后脊背陡地升起一阵寒意。那细眉、那微微上翘的薄唇、那如秋水般幽深的眼、那后梳的发绺……她望着那长发男人转身回到工作台的背影,读出了孤单和落寞。

他没有回转身,冷冷地说:"把外套脱掉。"

"还要脱? 这里很冷。"袁玥掩饰着不想脱衣服的紧张。

"冷？你这一会儿时间就嫌冷！我长年累月住这儿,都不觉得冷。还想不想继续雕?"

"想。"袁玥极不情愿地脱下羽绒棉服。

"裤子也脱了!"

袁玥想着牛仔裤里穿着毛线裤,不至于只剩下裤衩,又想到戴维德看到数十万块钱时不知道会有多开心,就鬼使神差地脱下了裤子。

长发男人一言不发地埋头干活,仿佛玉雕人像已摄住了他的灵魂,他的脸上渐渐渗出汗珠。

"你裹得严严实实的,我根本没法继续雕刻。"长发男人骤然停下手中的雕刻刀,"你们女人怎么就不懂人体的美!"

"我们女人怎么不懂人体的美?"袁玥颤抖地反问。

"人体的美,女人身体的美,美在天然,美在无遮蔽,美在赤裸裸。艺术,人像雕刻艺术也在于展示人体本真的美。人体美得像一块剔透的玉,要剥去表层的粗糙和棱角,也就是你身上的这层衣服!"长发男人顿了顿,"你愿意为玉雕艺术展示你最本真的美吗?"

袁玥见他逐渐向自己走来,慌张地拎起外套,朝门外夺路而逃。

"你们女人为什么要逃离这么神圣的艺术殿堂,抛下传承艺术的我!"袁玥身后传来撕心裂肺的痛苦呐喊。

"新洋,快来救我!"袁玥惊魂未定的声音传来。

袁玥从小超市看店的小女孩那借手机向新洋求援。小姑娘见她衣着狼狈,便喊她进屋烤火。

新洋走进店时,见她气定神闲地看电视,还和旁边的小女孩谈笑风生,气不打一处来。

"袁玥,我上辈子是不是跟你有仇啊? 你怎么专挑我戏弄啊?"

"我真出事了,你瞧我成什么样子了?"

新洋一瞧,她底下只穿一条毛线底裤,鞋也才穿了一只,急忙问:"出什么事了?"

袁玥一把鼻涕一把泪地诉说刚才的遭遇。

"真是艺术狂人!"新洋说道。

"简直是文化流氓!"袁玥啜泣着说。

"彻头彻尾的大骗子!"小姑娘说。

"没什么法子治他吗?"袁玥恨恨地说。

"他估计知道你是初来乍到的外地人,可能因为受了欺负也不去报案。"小姑娘说,"最近见过几次外地女人惊慌失措地从我店门跑走。"

新洋问:"也没人管管!"

"谁管呢? 当事人又不报案,路人还当是闹家庭纠纷,是哪家男人打老婆了!"小姑娘说道,"若不是你们说,我也不会知道是这么一回事。"

"报案吗?"新洋问。

"不,暂时不报案。"袁玥坚定地说,"我要让他接受更严厉的惩罚。"

"怎样惩罚? 你丢掉的东西怎么拿回来?"

"先回去,仔细谋划。"

李楠静立在房屋中,一动也不动地瞅着四周,原木色的地板,凹下去的地面砖上雕刻着蜡梅花纹。墙壁刷得白白的,是一种雨洗过后天空的那种澄净。家具都是新的,是由那种黄中泛着绿的木材制成,透出一股沁人心脾的幽香。

她坚持不住坐在椅子上,椅子厚重而结实。

"看看卧室吧?"杨灿的声音骤然响起。

"哦。"李楠吃力地从椅子上爬起来,杨灿伸出右臂让她挽扶。

推开卧室,宽大的床上堆满了玫瑰花,花丛中躺着一个深红色的盒子,杨灿倚着床脚,单膝着地,打开那方盒子,喃喃而有力地问:"楠楠,你愿意做我的女人吗?"

李楠久含的泪水像火山爆发。"你傻吗? 干吗对我这么好? 我已经是你的女人,我的心里早已认定你是我的男人!"

杨灿举起那方盒子,镶嵌着绿宝石的一枚黄金戒指散发着悠远的岁月烙印。

"楠楠,我买不起钻石戒指给你,你若不嫌弃,请你收下我爸送给我妈的结婚戒指,它不值多少钱。"

李楠刚止住的泪又像珠线样坠落:"它比世界上所有的钻戒都值钱,在我心里,它最宝贵。"

"你愿意收下它吗?"

"我一千个一万个愿意!"李楠激动地说,"你快别跪着,快起来。"

"你愿意这辈子只做我的女人吗?"杨灿举着戒指盒,固执地跪着,把"这辈子"和"只"字说得清晰而响亮。

"我愿意此生此世只做杨灿的女人!"

杨灿的心里像惊涛骇浪般感动,他恍然明白古文中"恨不相逢未嫁时"一句饱含的痛苦与无奈。他顿时觉得无地自容,觉得自己的表白是那样矫情,充满了自私和虚伪。同时,他小心翼翼地把戒指戴进李楠的无名指,紧紧地把她拥进怀里。

夜幕像铅一样压在她的心上,窗外的乌鸦发出归巢的呼唤,而她独守空巢。她或许可以找到另外一条路,不必独对孤灯。黎凡?他就在今天去了异域他乡。这条路,是她自己选择的。在住院大楼门口,她选择跟杨灿走,任黎凡伸出的手空空垂落。她又能怎么办?当杨灿把她从大货车车轮下救起,她便爱上了这个男人,无可救药地爱上了这个男人。孤单算什么?寂寞有什么可怕?只要他不放弃她,这辈子,她只要他!只要此生能有片刻相拥,余愿已足!她看着手指上幽绿的宝石在暗夜里发出翠色的光芒,满足地回想着他的告白,随着星星的闪烁沉沉睡去。

树枝在窗外摇晃,如同婀娜的少女在风中飘动的面纱。远处的狗吠声、鸡鸣声清晰可闻,清晨的哈欠声、伸懒腰声近在耳畔。李楠趴在床上,趴在杨灿曾躺卧的被褥,觉得朝思暮想的幸福离自己这么近,她抚摸着自己的肚子说:"肚子里的宝宝,早安!"她撩开厚重的窗帘,推开窗,青草混杂着泥土的清香扑鼻而来。远远望去,麦田如波涛般在风中翻滚。她贪婪地大口大口地呼吸着这久违的清新空气,像鱼一样鼓足了腮帮子。她想去田野里走走,突然想起自己没拿到家门的钥匙,她颓然地坐在床沿上,懊悔自己不顾大家的劝阻,执意跟着杨灿来到这里,随身衣物都没带上。她想给杨灿打电话,但她不愿意惊扰他的妻女,他估计还没起床呢。若是他的妻子接听电话,我该说什么呢?我偷了她的丈夫,又准备与她的丈夫厮守到老。这对她多残忍!李楠望着空旷的卧室、齐墙高的衣柜、堆满玫瑰花的床头柜,鼻子开始发酸。她缩回被窝,任宽大的被褥把自己包围。她伸出手,扯过一束玫瑰,摘下花瓣,一朵一朵地数,单数,就给杨灿打电话;双数,就不打。她一瓣一瓣地撕着,单数? 不会吧! 不准,不准! 连续撕足三朵单数花瓣的花再打吧! ……怎么是双数? 坚决不打!

地板上铺满了七零八碎的玫瑰花瓣,李楠垂着一只手,手里握着残花,疲倦地睡着了。

"零、零、零……"一阵刺耳的铃声响起,李楠恍恍惚惚地醒来,竖起耳朵听。她盼着杨灿的声音在门外响起,她的期盼落了空,那不是门铃的响声。

"喂。"李楠从挎包里掏出手机问。

"在那过得好不好?"袁玥探询的声音传来。

"挺好的。"李楠咬住下唇,假装开心地答道。

"大伙儿叫我问你,你那儿叫什么地方?"袁玥丝毫没察觉李楠的异样,"改天我去看你。"

"这地方? 呃,我说不上来……"

"什么? 你到哪儿都不知道?"

李楠听到北漂公寓里炸开了锅。

"那王八羔子,那杨灿不知道把李楠拐带到哪儿去了?"

"她自己也不知道吗?"

"喂,喂,"李楠大声喊,"你们别吵了,帮我去问杨灿。"

袁玥想都没想,反问道:"你干吗不自己去问?"

新洋拽了拽袁玥的衣袖:"让你去问杨灿? 我才不去问,你去问就行。"

"好吧! 我稍后给你打电话。"

"她干吗不自己去问?"

"换了你是她,你会打他电话问吗?"

"换了我是她,才不会放弃黎凡。"

"你是你,她是她!"新洋催促道,"你赶快帮她问问。"

"喂,我是袁玥。"

"袁记者,你好!"杨灿公事公办的口吻传来。

"你把李楠带到哪儿去了!"

"我让秘书跟您联系,并且给您送去下榻地方的房门钥匙,让您受累了!"

杨灿的挂机声传进袁玥的耳朵。"什么呀！莫名其妙的！"

袁玥把刚才杨灿的反常行为说了一遍，新洋笑道："这不就是告诉我们李楠在哪的话嘛！亏你还是当记者的！"

"当记者的怎么啦！这种事我可没经历过！"袁玥嘟囔道，"待一会儿，他派秘书送钥匙过来，这是啥意思？"

"我又不是他肚子里的蛔虫，哪里知道？"

"我们拿到钥匙，要不一起去看看她？"

"好哇，好哇！"一直不吭声的金霞兴奋地说。

"你们别盯着我，我办完离职手续就准备回江西。"新洋边说边退出去，"我得去北大图书馆查阅资料。"

"她这是怎么了？不是触景伤情了吧？"

"不是吧！她最近和上次来的'小平头'蛮投缘，不会迷恋杨灿。不过，李楠对她也存有戒心。上次，两个人说话闹过不愉快。"

"真有这事，金霞？"袁玥迟疑地问，"杨灿这种男人就是一剂毒药。"

金霞咯咯地笑了起来："你也被迷住了吗？"

"去、去、去，"袁玥佯怒道，"我对别的女人的男人敬而远之，他迷不住我。"

"你若生在古代，又是男儿身的话，铁定是个忠义耿直的英雄。"

"瞧你捧得我，都找不到北了！"袁玥笑得前俯后仰，"是不是有什么企图？"

"企图，倒没有，愿望，却有一个。"

"什么愿望？"

"想李楠了。咱们几个住这间屋子最长久。如今，回老家的，回老家了，搬走的搬走，眼看着都散了。"

"这北漂公寓还不都这样，每天上演着聚散离合。"

"不知道咱俩什么时候也散了。"

"别说这丧气话。"袁玥连忙止住金霞，"散了，还不都在北京，在中国，都活在同一片蓝天下！"

"钥匙送到了！"袁玥拉起金霞，"咱俩帮李楠把家居的用品送过去，她人不方便，杨灿难抽出身干这活。"

袁玥和金霞拖着沉重的包裹，找到杨灿给的地址，打开了李楠的房门。

金霞喊:"李楠?楠楠?"

"怎么没人应?"

"都怪你,非得要给李楠一个惊喜,也不提前告诉她。这不,人都不在家!"

"别唠叨个没完没了!"袁玥思忖道,"她大病初愈,又有孕在身,况且初来乍到,不会四处乱走……不会出……"

"啊!"金霞一声尖叫。

袁玥走到惊叫声发出的卫生间,李楠面无血色地蜷缩着躺在坐式马桶边的地板上。

"别着急挪动她,"袁玥强抑住内心的惊慌,伸出手往李楠的鼻孔探了探,"没大碍,别慌!"她试探性地摇了摇李楠的手,手依然温热。

李楠缓缓地睁开了眼,看见袁玥和金霞一脸的焦急:"你们怎么来了?"

金霞说:"幸好杨灿送钥匙给我们,我们就来看看你。"

李楠问:"他呢?"

看着李楠伸长脖子、翘首以待的样子,金霞不忍心说出"还不是回家陪老婆、孩子"之类的话,而是说:"他还不得忙工作,得为孩子挣奶粉钱。"

李楠点头:"那倒也是!"

"你要不要紧?要不要叫救护车?"

"不用的,袁玥,我只是想吐,吐得厉害,头一发晕,就倒下了。你们说话,我都听见了,只是说不出话来。"

金霞说:"她这是害喜了。"

袁玥说:"你躺下歇会儿。"

"我不想躺下,都躺大半天了。"李楠缓缓走向椅子,"你们有没有带什么吃的?"

"吃的?"袁玥和金霞面面相觑。

李楠越过袁玥的肩膀,看到一大袋行李:"你们帮我送行李来的?"她的目光黯淡下去,随即又开心起来,"行李里头有几桶方便面,当时预备着火车上吃。"

金霞看着李楠大快朵颐,悄悄背过脸去,拭眼睛里流淌的泪。

袁玥看着狼吞虎咽的李楠,心疼地说:"你怀着身孕,一个人住在郊区,太不方便,还是搬回去和我们住,好歹可以相互照应。"

"不，"李楠喝尽方便面面桶里的汤水，擦拭着嘴角说，"杨灿安顿我的地方就是我的家。从此，我也是个有家的女人了。我不想回到北漂的地方。"

"我们……"袁玥还想劝说李楠和她回北漂公寓住。金霞扯了扯她的衣袖，便不再说下去。

昔日伙伴的到来给李楠带来了欢声笑语，可她们一离去，漫无边际的孤寂感便重重袭来，一层又一层地把她裹得严严实实，她想大口大口呼吸，呼吸窗外清香的空气。

"一个人的肺承受着两个人的呼吸。"李楠甜蜜地抱怨着，自言自语。她不仅时常觉得空气稀薄，而且发现自己的胃口大得惊人。早餐要吃下十来个小馒头，外加一碗稀饭、一个茶叶蛋。馒头虽说"小"，却也有成人中指那么长，三根手指并拢那么宽。

一个暖阳射进窗台的午后，杨灿领了一个衣着朴素的中年妇女进来。

"楠楠。"杨灿没见到人影，着急地叫唤。

"嗳，杨灿。"李楠双手蘸着泡沫走过来。

"叫你不用洗衣服，怎么又洗上了？"

"那脏衣服都堆成山了。"李楠笑道。

"我把妈给带来了，以后这些日子就让妈照顾你！"

"妈？"

"我的亲妈，咱妈！"

李楠手足无措地紧张起来，有种"丑媳妇"的窘迫。

那个中年妇女迎了上去，握住李楠滑溜溜的手说："我是灿灿的亲妈，你们的事，我都听杨灿说了。以后家里的粗活、重活都让我来做。饮食起居的活儿，我在老家都干过！"

李楠怯怯地叫了一声："妈！"

"好孩子，快坐下，好好歇着。"

看着杨灿的母亲在手忙脚乱地干活，李楠的心里像浪扑击着海里的礁石一般汹涌澎湃，感受到了一种莫名的紧张。她想埋怨杨灿，又不知该埋怨他什么。他只是担心没有人在身边照料我，担心我太辛苦。他把最信得过的亲妈带来，是对我最大的关爱。

李楠迎着杨灿,满足地笑了。

李楠当时丝毫没有意识到这是日后恩怨交织的婆媳关系的开始,只是莫名地紧张,紧张得心底下仿佛有一面大鼓在敲。她的后背心渗出一股难以言喻的寒气,像冰霜制成的刀在割开后脊梁骨。她很想跑开去,跑得远远的,去空旷的田野,去茂密的丛林,去广袤的草原。她很想唱一支曲儿,动听的歌会让她轻松,让她畅快。她更想缩进被窝去,用一床宽大的被褥紧紧包裹自己,包裹寒入骨髓的自己。

和煦的风柔柔地吹在李楠的脸上,她透过窗眺望远处,窗外有欢唱的小鸟、摇摆的嫩草。

"小心着凉了!"杨妈推门而入,缓缓地说,收拾着李楠脱在床脚的脏衣服。

"就吹一会儿风,不碍事。"李楠一动不动,依然远望着窗外。

这就是同一屋檐下婆媳二人的日常对话,不多不少,不痛不痒。李楠觉得杨妈和自己之间有一道若隐若现的隔阂,说也说不清楚,道也道不明白,但却隐隐感受到杨妈对自己的敌意。

杨妈匆匆忙忙地走出门,置办着家里的饮食和其他开支。手脚也利索,把家打扫得整洁如新,对李楠也毕恭毕敬,或者说敬而远之,帮她洗衣、做饭。在这样细致的关心与照顾下,李楠觉得自己应该很幸福,然而,她只觉得莫名的压抑。她从杨妈紧绷的脸上,看不出她对这个"儿媳妇"的喜爱,杨妈很少与她对视。有时李楠远远地朝她看去,她也避开,但李楠又总感觉有一双眼睛无时无刻在打量着自己。她浑身不自在,以至于杨妈每天穿梭于厨房、卫生间、客厅时,她总是刻意避开,把自己关在卧室里,愣愣地看着远处。她最高兴的时候莫过于杨灿中午回来吃午饭,她便可以好好地看着他。他午后小憩的时候,她便可以静静地躺在他身边。她很想静静地躺着,但她很难做到。她总是轻轻刮刮他的鼻子,挠挠他的头发,亲亲他的额头,把他的手拉到她的肚皮上面,或者拉着他的手比画着自己的手、自己的脸,她喜欢把他的大手当被褥一样盖在自己脸上,她趁机亲吻他的掌心,把鼻腔里的气哈在他的掌心里。她觉得能看到他的每一天都很幸福。

"灿儿,中午回家吃饭,妈给你做了你最爱吃的米粉蒸肉。"李楠隔着门板听着杨妈给杨灿打的电话,开心得偷偷地笑。她都好几天没见着他了。她打开衣橱，左挑右拣，没看中一件衣服，而且腰肢也渐渐粗壮了，之前的衣服多半已经穿得不合身了，她使劲吸着气，总算穿上了一条牛仔裤。她打开脂粉盒，往苍白的脸上扑撒了点胭脂。她瞧着镜中的自己，始终不满意，但总比刚才的不修边幅要好看一些。

她静静地听着楼道上的脚步声，一阵沉重的脚步声在家门口响起，她便竖起耳朵等敲门声，不过，这脚步往楼上走去。不一会儿，一阵轻飘飘的，仿佛后脚跟不着地的脚步一级一级地向上蹭，她明知不会是杨灿的脚步，却心里仍盼望着。直到一阵稳而不重、轻而不浮的脚步声响起，她心里暗暗地想，这一定是杨灿。她疾步走到家门口，打开家门，杨灿正准备敲门的手还扬在半空。他俩默契地相视一笑。

杨妈正端着热腾腾的菜搬上餐桌，突然大叫一声："我的妈呀！楠楠，你穿这紧身裤不把肚子里的孩子勒得喘不过气来？还有，怀孕的人别搽脂粉，对肚子里的宝宝也不好。"

杨灿一听，着了急，附和道："快去换条裤子，再把脸上的脂脂粉粉给洗干净。"

李楠更换裤子，洗净脂粉，走回餐厅，赫然看见客厅香几上摆着一面木牌，上面写着"杨氏祖先牌位"。杨灿正点燃香烛，摆放在神位左右，又点燃几支香，点燃后插放进牌位前的香炉里。

"今天是清明，你爸的孤坟是没人祭扫了。"杨妈坐在餐桌旁，念叨着，斜睨了李楠一眼。

李楠从杨妈的话里听出了埋怨，却从她斜视的眼角里看出了一丝狠毒。她害怕地低下了头，再美味的食物在她口中也味同嚼蜡，那种从眼角里射出的针刺一样的目光来来回回地在她身上扎。

"你爸走得早，一辈子吃过许多苦头，也没攒下什么家业。我年纪轻轻的便守寡，一直守到现在。"杨妈端着饭碗，继续唠叨着，"也不知道什么时候就下去陪你爸了。"

"妈，"杨灿放下碗筷，"您老身子骨硬朗着呢，肯定能长命百岁！"

杨妈破涕为笑："要能长命百岁就好了，还能给你多带上几年孙子呢！"

"妈，瞧您又胡说，说不定是个闺女呢。"

"你才是胡说!"杨妈努了努嘴,"还指望着杨家有后呢。"

"女儿也是传后人。"杨灿较真地说。

李楠听着杨灿这话,心里头知道他是宽自己的心,便更加铁了心要和他携手到老。

杨妈这盼孙子的念头一生,便嘴里盼着,心里想着。

李楠对这位"婆婆"的害怕上升到畏惧的程度,整天像把弓,把弦绷得紧紧的。要是肚子里生了个女儿,怎么办? 她常常这样担心。她也对杨妈那种"抱孙子"的渴盼生出了厌恶感,盼什么呢? 你也是女人,我也是女人,干吗偏偏非要我生儿子? 每次杨妈在虔诚地往香炉里点香,并念念有词的时候,她便斜睨着眼,冷冷地立着。

如果说李楠还有一丝开心并且放松的时刻,那便是北漂公寓的姐妹们的造访带来的。新洋不曾去看她,但总会听到袁玥每次看她回来的议论。

"金霞,你说说看,李楠是不是变得很冷淡?"

袁玥说:"没有啊! 她只是看上去比较哀伤。"

"她有什么好哀伤的?"新洋忍不住问。

"她有她的苦处。"金霞答道。

"那个杨灿也真是的! 上次李楠无人看护,在卫生间晕倒,我们便提醒他,找个人来照顾楠楠,他怎么把他妈给找来了?"

"是啊! 他妈那脸冷得,好像我们欠了她几百万似的。一副苦大仇深的模样!"金霞向来温和,不知为何也说出粗鲁的话。

"你说话能不能经过大脑? 他身家千万!"袁玥马上反驳。

"他老婆管着财政大权。"新洋便一五一十地把他的种种窘状说了出来。

"新洋,原来是我一直误会了你。"袁玥走上前,抱紧了新洋。

新洋便觉得羞愧,心想:如果说从未对杨灿生过非分之想,那是自欺欺人! 即便明知是做戏,但戏至深情处,自己何曾不动心? 又怎么谈得上坦坦荡荡、光明磊落、心无杂念?

"婆媳关系,"袁玥哀叹一声,"据说是千古难解的关系!"

"何况共处一室!"金霞补充道,"楠楠的脸上也逐渐映现出她婆婆那种神情来!"

"什么样的婆婆？被你们说得那么恐怖？"新洋追问道。

"年少守寡，一个人拉扯儿子长大，又攀上了个富豪做亲家。"袁玥简要总结道。

"那又怎么了？"新洋不解。

"黑寡妇，你总听说过，"袁玥不耐烦地解释，"一种著名的毒蜘蛛，你想象一下。"

新洋被吓得毛骨悚然。

"何况，她现在的儿媳妇是个富家千金，相比之下，自然会轻视楠楠。"

"唉。"新洋叹息了一声。她既对李楠的处境感到同情，又因李楠的误解而生出"自作孽"的幸灾乐祸的心情来。

李楠见杨妈每天忙里忙外，心里总生出几分感激。一个阴雨霏霏的上午，杨妈出去买菜，李楠便拿起抹布，收拾家里。她抹净了桌椅板凳，又瞅了瞅摆放牌位的橱柜，那橱柜顶的木板上撒落了薄薄的一层香灰。她便走了过去，挪了挪牌位，把底座擦拭了一遍，又把蜡烛底流落下的蜡烛油轻轻地刮走，最后，她屏住呼吸，盯着那尊香炉看了几眼。那尊香炉有三只足，四个突出来的螃蟹眼珠般的乳钉，泛着一种湛蓝的光，那种湛蓝给人一种雨洗后的天空那样澄净的感觉。李楠瞅着、瞅着，像被这香炉慑住了心魂，鬼使神差地伸手抚摸它。摸上去，油腻油腻的，像婴儿般滑嫩。李楠拿着香炉，在手中细细盘旋，她发现有一巴掌大的地方贴着用透明胶黏住的红纸，她越发好奇，完全没有听到杨妈用钥匙转动门锁的声音。她用细细的手指轻轻掀开边缘。

"别揭开！"杨妈进门大声喝止。

像天空炸了一声响雷般，李楠发抖了。她刚揭开六个大字——"大明宣德年制"。随着她的颤抖，香炉向镶嵌瓷砖的地面砸去。"咣当"一声，地面上散落着香炉里的香灰和宣德炉及碎片。

杨妈愣了愣神，随即冲到碎片前，号啕大哭。她见李楠呆若木鸡，怒向胆边生，推了她一把，恶狠狠地骂道："你这个狐狸精、败家女、扫把星！"骂完了，她又继续抱着那炉大哭。

李楠不知所措，一个趔趄，倒在地上，等她回过神来，杨妈依旧在搂着那炉和掉下来的碎片哭，她悻悻地爬起来，走回自己的卧室，掀开被窝，钻了进去。

巨大的被窝搂着她,像母亲的大棉袄裹着的幼时的自己,她想妈妈,她想回家,她想离开这个仿佛随时会发疯的女人,这个人并不是她的妈妈。她静静地在被窝里啜泣,又在被窝里沉沉睡去。

睡意蒙眬中,她仿佛听到杨妈的哭声,凄厉的,撕心裂肺的。

杨灿在一旁劝慰的声音也断断续续传进她的耳鼓:"妈,别哭了,好吗?"

"我怎么能不哭?这炉碎了,这可是你爸舍命保住的炉啊!"

"妈,你想想,这炉,爸是要留给谁的?"

"当然是你。"

"妈,你再想想,我要把这炉留给谁?"

"当然是你儿子。"

"可我现在没有儿子。一个可能会为我生儿子的女人和一尊炉,你想想,没有这女人给我生儿子,我这炉留给谁?"

"可,可是,你爸当年卖炉治病救命都舍不得,就这样被她砸了,我以后怎么到黄泉下向你父亲交代。"

"妈,这炉也未必真值钱,这三五百年,战火连天的,谁信它真是宣德年的。"

"这可是杨氏代代相传的传家宝,是香火永继的象征,怎么会假?"

"你再给我看看,"杨灿看着眼前小脸盆那么大的瓷器香炉,叹息道,"这炉只磕掉一小片,炉大体上还算完整,没多大妨碍。"

"磕出了不少裂缝,幸好香灰撒了一地,落地时掉在香灰堆上。"杨妈总算缓了过来,语气平缓地说。

"现在的黏补技术很先进,我留意寻访个信得过的高人把这小碎片补回去,保准天衣无缝。"

"真有这高超的技术。"

"真有!"杨灿信心满满地说,"补得和没落过地一模一样。"

安抚好自己的母亲,杨灿走进卧室,看着李楠似睡非睡地躺着,额上渗出细小的汗珠,脸上仿佛极度痛苦。杨灿心疼地伸手进被褥,轻轻抚摸着李楠微微颤抖的身躯。他轻拍着她的脊背,又揉了揉她僵硬的双腿。一股黏糊糊的液体滴落到他的手背,混杂着浓重的血腥味。

"糟糕,出血了,流产先兆!"杨灿大喊着,把李楠抱在怀里,冲出家门,在后排沙发座上横放着李楠,发动汽车,向医院奔去。他想开足马力,用最快的速度送李楠到医院,又怕剧烈的发动机会带来更大的震动,从而伤害李楠腹中的胎儿。他心急如焚,却又只得缓慢行驶。他担心刚萌生的幸福随着胎儿的流失而灰飞烟灭,他埋怨上天对他的一再捉弄:"我做错了什么,老天爷?请你保佑我的孩子平安来到这个世上!如果我做错了什么,请你惩罚我吧,不要降罪于我的女人和我的孩子!"

汽车一停靠医院门口,杨灿就抱着李楠冲向急诊室,他一边拨开人群,一边高声喊:"孕妇,孕妇,让一让!"

周围的人群自发地让出一条过道,急诊室里的医生推着移动病床,迅速地对李楠展开救治。杨灿焦急万分地看着主治医生,他真想跪下来说:"求求你,医生,救救我的孩子!"可他明白医生一定会尽力而为,他这一举动也是多此一举,只能静静地等待。等待时的时间走得比蜗牛还慢。

"母子平安!"急救室的医生走出来,对焦急万分的杨灿说道。

"谢谢,谢谢!"杨灿激动地握住医生的手。

"不客气,救死扶伤是医生的职责所在,"医生转过身,对身后的助手说道,"转移到普通病房。"

杨灿扶着移动病床,看着稍微恢复气色的李楠,百感交集。那时候,他才意识到她在他生命中的重要,不仅因为她为他延续后代,而且因为她就是她,独特的,谁也无法取代的。

"喂,袁玥,"杨灿焦急地说,"麻烦你到医院来一趟,李楠出了点事。"

"马上就到。"袁玥接到电话,心急火燎地披上大衣,准备出门。

在走廊过道,差点与迎面走来的新洋撞到一块儿。

"你着急干吗去?"新洋问。

"正好撞上你,你不正在办离职手续吗?"

"是啊!"

"不忙吧?"

"有什么话,你直说呗!"

"李楠又住院了。"袁玥着急地说,"我手头的工作堆成小山了,况且,上次被骗的事也没有解决……"

"我和她……"

"其实都是误会,你别放心上去。"袁玥宽慰新洋道,"我们都来自天南地北,素不相识,在北京漂泊,可以称得上相依为命。现在,应该患难与共,不是吗?"

"我没有什么芥蒂,我是担心她不想见我。"

"哪里会!她总念叨着你。"

"真这样?"

"嗯,和我一起去看看她吧。"

新洋看着病床上面色苍白的李楠,总觉得这场景似曾相识。是的,她上次与李楠的相处不也在病房吗?她不也是像现在这样苍白无力吗?不,她现在更苍白了。

看着李楠圆圆的眼珠逐渐明亮,袁玥拨开病床前坐着的杨灿,凑上前去:"你好些了吗?"

"觉得好累,"李楠又闭上眼睛,"我简直像马拉松赛场上下来的运动员,疲软得腿都抬不起来。"

杨灿慌忙按住了李楠正想抬起来的腿,说:"你现在很虚弱,躺着静养就好,不要乱动。"

"她到底怎么啦?"袁玥着急地逼问杨灿。

"差点小产,幸好有惊无险。"杨灿装作轻松地说。

"怎么好端端地差点小产了?"

"这……"杨灿也愣了神,说不出答话。

"我走路不小心,摔了一跤。"

袁玥和新洋听出这话的勉强与蹊跷,杨灿却信以为真,嗔骂道:"以后走路小心点。"

杨灿走后,袁玥追问李楠:"楠楠,你一向不会说谎,一说谎就露馅儿,究竟怎么回事?"

"杨灿的妈妈和我吵架,推了我,没站稳……"李楠哽咽着,强抑着的眼泪此刻像决堤的洪水,汩汩地流出来。

"我也不知道那是传家宝,我要是知道,看也不敢多看一眼。我拿着那香炉,本来稳稳的,要不是他妈突然大喊,我绝对不会脱手,我不是、不是有意的……干吗那样凶我、骂我……"

新洋走向病床,抱着情绪失控的李楠,小声安抚着:"楠楠,好好休息,安心静养,不要想太多。过去不愉快的事,不要再想起。"

袁玥的脸气得铁青,悔得肠子都青了,她怎么也没料到给李楠找来照料她的人恰恰给她带来伤害。

李楠剧烈起伏的胸脯渐渐平复下去,忽然,她又冒出来一句:"我是狐狸精、败家女、扫把星吗?"

"什么?"袁玥和新洋惊讶得不相信自己的耳朵。

"狐狸精,败家女,扫把星,我是吗?"

"不是!"

"谁这样说你?"袁玥又嗅出了李楠的伤痕,"杨灿的妈妈?"

李楠默然不语。

新洋不知道怎么劝解李楠。

新洋觉得自己缥缥缈缈地伫立在云端,俯视着他人的悲欢离合、儿女情长,仿佛了悟了,看透了。可是反观自己的情感,不也是乱麻一团? 她在心里重重地叹息了一声。

"走自己的路,让别人去说吧!"新洋劝解道。她骨子里很佩服李楠那种为爱奋不顾身、心无旁骛、全神贯注的精神。她自己根本做不到,她瞻前顾后、畏首畏尾,哪里知道,在她犹豫不定时,爱情已擦肩而过。甚至当爱发生时,她仍茫然不知,看到它远去,她才指着爱远去的背影,懊悔地说:"它曾在我身边经过!"

袁玥安排新洋留守李楠病房,气冲冲地走回北漂公寓。

"金霞,我们一起去收拾杨灿的妈妈。"袁玥撩开彤梅的床帘,"彤梅,你也去!"

"去干吗?"彤梅胆怯地问。

"去揍人!"

"为什么?"

"为朋友两肋插刀,哪那么多废话!"

"袁玥,清官难断家务事,"金霞不挪动脚步,"你少去掺和!"

袁玥把李楠的遭遇说了一遍,补充道:"他妈妈欺人太甚了! 还不得去收拾、收拾她?"

"的确过火,但是人家那可是价值不菲的宣德炉被摔破了,也难怪发脾气!"金霞道。

"你胳膊肘尽往外拐,帮外人说话。"

"要是李楠的婆婆不照顾她了,往后生孩子、坐月子、带小孩,怎么办? 这都不是我们会的活儿呀!"彤梅分析道。

袁玥的冲天怒气慢慢熄灭了。

袁玥愣了半晌说:"怎么咱们总是受人欺负?"

"李楠这事,一开始就名不正、言不顺的,被人欺也难免嘛。"彤梅懒懒散散地说。

袁玥说:"不是说她,我自己也被人欺负了。"

"戴维德不是一直在欺负你,有什么好抱怨的?"

"不是,不是。"

"咦,又找到新的男人来欺负你了?"彤梅阴阳怪调地笑道。

"你,别胡说,我被人骗了。"

"骗去什么了?"彤梅见袁玥表情严肃,一本正经地问。

"上次淘到的玉石原石被一个玉石雕刻师骗去了,差点还被、被侮辱……"

"这么严重,你怎么不报警抓他?"

"这种事,怎么好跟警察去说。"

"你这不犯糊涂了吗?"彤梅着急地说,"那不吃了哑巴亏?"

"那也没办法呀! 要不我现在给警察打电话?"

"你赶快呀!"

袁玥厚起脸皮把事情说了一遍,挂掉了电话,便耷拉着脑袋。

"怎么了?"

"警察说人证、物证材料都不齐全,仅听我一方面的说辞,不能实行抓捕。"

"那怎么样才能定那玉雕师的罪?"

"估计得抓现行,人赃俱获。"

"这有何难,我带块原石去找他。"彤梅自告奋勇地说。

"他未必会上当。"袁玥口上说着，心里在想：就彤梅这身材、这相貌，再怎么变态的男人也兴致全无，怎么可能会上当？

"不去试试，难道就算了吗？"彤梅义正词严地反问道，"反正我只是想帮帮你，你不用我帮忙，就算了！"

"我虽然心疼那原石，很想拿回来，但也不能拿你的安全冒险。"

"你不抓住他，他还会继续害人。"彤梅补充道，"我做好安全工作不就得了，警方不是要人赃俱获吗？"

虽然说得云淡风轻，但站在玉石雕刻师的工作室门外的彤梅还是强抑不住心惊肉跳，她觉得心脏跳得都快从嗓子眼出来了。在迈进工作室大门时，她瞧了瞧玻璃橱窗映出来的自己，格子状呢子大衣底下是齐踝的蓝色长裙。她踮起脚尖，竭力使步子显得轻盈而优美。她走进去，一阵浓重的灰尘味扑鼻而来，呛得她禁不住咳嗽了一声。屋内一个男子转过头来盯住她。彤梅直视过去，他卷曲的长发挡住了半边脸，只露出浑浊的眼珠木然地望着不速之客。他浑浊的眼珠上面浮着一层浓雾，仿佛用力一挤就能挤下一串泪珠。他面对着那群毫无生命的雕像哭什么？我还没见过一个大男人这样哭，他身上发生过什么事？唉，天下苦命人真多，谁都有自己说不出的苦处！我这样半瘸着腿，在精英辈出的北京漂着，难道不苦？蝴蝶飞不过沧海，而我又哪里有路可退！家乡人的冷眼比北京的风霜雨雪更寒入骨髓。进亦无梯可攀。漂浮在进与退之间，仅仅是活着而已！他或许是因爱而流泪，至少他还有一份令自己流淌伤心泪的爱的记忆。而我呢？我从未爱过，从未切切实实地与一个温暖的身体相爱过，那冰冷的电脑屏幕就是我唯一的爱人！从识字起便想通过读书改变命运，可读再多的书能治好我麻痹的腿吗？他哭，为何哭？他生命里遭遇的种种不幸能比得上我一出生便被写下的不幸吗？彤梅觉得脸颊烫烫的，有两行湿润的烙印。

"你干什么？"一声低沉的男中音在她耳畔响起。

彤梅觉得他说话的声音温柔而富有魅力，仰头看着走近身旁的男人。他的靠近并不令她感到恐惧，反而令她感到真实。

"你愣着干什么？"

彤梅回过神来："找你雕石头！"

"可以啊！"中年男人抬起手来指了指地面上的一方床板，"斜坐那儿。"

彤梅歪着身子，装作漫不经心地问："你只雕人体？"

中年男人抬起头来，充满激情地说："人体是雕刻艺术中最伟大的。古希腊、古罗马的人体富有原始的粗犷，欧洲文艺复兴以来的人体雕像饱含哲思，中国的人体雕像总是衣服冠戴齐备，掩盖了人体自诞生而具有的美。造物主多么神奇，给我们的血肉之躯多么完美……"

"我恨造物主！"彤梅愤怒地阻止他呓语般的讴歌，"他没有给我完美的血肉之躯！"

"你不要诋毁神圣的人体艺术！"中年男人怒气冲冲地走向彤梅。

彤梅见状，着急地爬起来。她的右腿使不上劲，重重地跌回床板。

中年男人愣住了，他猛地明白眼前这个女子对人体的怨忿："造物主并没有给所有人同等完美的血肉之躯，这种残缺的人体也是上天所赐。我一直都没有领悟断臂的维纳斯存在的美，唉……"

袁玥带着两名警察冲了进来。中年男子正伸出右手紧紧地握住彤梅的手。

"松开手！"袁玥大声喊，"原形毕露了吧！"

警察走上前，中年男人惊慌大叫："我是人体艺术雕刻家，你们为什么抓我？"

"你明明是借艺术之名行侮辱妇女之实。"袁玥控告。

"我侮辱谁了？"中年男子强作镇定。

"我，还有她……"袁玥补充道，"这里摆放的每一尊赤裸的女性人体雕像内都有一个被侮辱的妇女的泪。"

彤梅走向雕刻台说："多美的人体呀！晶莹剔透，珠圆玉润。人体雕刻艺术不该只是宣扬人体美，而用来弥补残缺的肢体带来的心灵的缺憾，该多好啊！"

彤梅凝望手中的雕像，思绪如同天空的白云恣肆地飘荡着。

"他并没有想要侵犯我，刚才是一场误会，"彤梅掷地有声地说，"我跌倒了，他只是想，想扶我起来。"

看着警察离开，着急的袁玥拽着彤梅，示意她快走。

彤梅却毫无畏惧地走到中年男子面前："我并不是替你开脱罪名，而是你当时的确想扶我，是不是？"

"你是我这一生遇到的最美的姑娘,"中年男子激动得流了泪,"请允许我完成你的雕像。"

轰隆隆的凿玉声响起。袁玥附身在彤梅耳边说道:"你怎么能相信他这样的人。"

"凭直觉。"

"直觉不靠谱,要用眼睛观察。你看这么多赤身裸体的女人……"

"佛见众生皆佛,魔见众生皆魔。"

"你什么意思? 我看到了坏人,难道我也是坏人?"

"清者自清,浊者自浊。"

"你这是着了什么魔了?"

凿石声渐渐淡了下去,中年男子捧着玉雕,走近彤梅。

彤梅瞧了瞧,赫然见到一袭长裙的自己。长裙勾勒出的身姿婀娜动人,雕像的面容端庄安详。雕像的线条行云流水。

"她这雕像怎么穿上了衣服?"袁玥凑近一看,问道。

"我以后所有的雕像都会穿上衣服,"中年男子郑重地说,"之前的我总崇拜西方雕像的人体原始美,在国内屡屡被人误解。现在恍然觉得穿上衣服的中国雕像虽然掩盖了肢体,但更重神韵,仿佛把人的内心都刻画出来。"

"嗯,希望你言而有信,将中国雕刻艺术发扬光大,"彤梅凝望着手中的玉雕缓缓说道,"雕这尊雕像,给多少钱?"

"钱?"中年男子困惑地看着她俩,"能把剩下的石头给我吗? 我想雕个小点的你,放在这里。"

"什么? 用手艺换石头,你才攒下这满屋子人体雕像。"袁玥问。

"是啊! 多数现代女性都能理解这种人体艺术,当然,也碰到过几个无法理解的,"中年男子转向袁玥,"你就是少数中的一个。"

中年男子从货架上取下袁玥的雕像,塞给她:"你那天落下的东西在椅子上搁着,你看看少了点什么?"

袁玥在李楠的病床把"智擒伪艺术家"的经过讲得绘声绘色。

"我看哪,袁玥,你就像砍大风车的堂吉诃德。"新洋打趣道。

"像极了,路见不平,拔刀相助!"李楠笑着补充道。

"这一路走进来,就数咱病房笑声欢畅,"杨灿笑容盈面地走近李楠,"难怪医生让我办出院手续!"

"要出院了?"李楠神色黯淡。

"对呀! 医生说你已经康复了,回家安心静养!"杨灿柔声细语地哄道。

"是呀! 在这满屋子过氧化氢味道里待,对肚子里的宝宝多不好啊!"

望着杨灿搀扶着李楠离开的身影,新洋感叹道:"不知此去,他俩会如何?"

"他们这也是缘分,让时光来印证这份情缘吧!"

"除了祝福,我们什么也做不了。"

新洋和袁玥并肩行走在路旁,虬枝攀缘的树仁立着,微风轻轻吹拂鬓角的乱发。

京城的古老给人一种沧桑感,时钟的嘀嗒声稳步向前。在时光的画轴中,那些古老的屋檐、砖瓦笑看岁月流逝,低眉不语,沉思不言。大浪淘尽千古风流,也推来今朝的金樽尽欢。

风景虽好,奈何人无意。袁玥坐等韶华老去,新洋也历尽几许辛酸。苦熬,在这座人文鼎盛的京城,不是出路,可当初离开本就无处可去。离去,更是无望后的抉择,看不到待下去的意义,光辉和荣耀会来的方向终究归于模糊,归于沉寂。

新洋在袁玥的眼中读到了迷茫,正如她本人掩抑不住的惆怅。岁月的年轮老了一轮又一轮,青春躁动的脸庞又布满了更深的风霜,曾经的梦想成为现在的妄想,散发着痴人的癫狂。

相视无言,只因你我的眼已读懂彼此的心。何须多言? 当年华老去,回忆也成美丽。

原本漫长的路用脚去丈量时变成短途,沿路的花草树木记录了你徐行的脚步。

推开北漂公寓的门,彤梅正在床帘后快速敲打着键盘。袁玥和新洋会意地相视一笑。

袁玥逗趣地撩开彤梅的床帘。果不其然,彤梅正在和"网恋男友"视频聊天。

"哇,超帅气、超阳光!"袁玥拉起新洋,"你看,帅不帅?"

"长得蛮耐看的。"新洋发自内心地赞叹。

"彤梅,什么时候带来我们这姐妹帮看看?"

"你别催她,她自己都没看过现实中的真人。"

"彤梅,你这放下床帘,躲着和人恋爱怎么也一年半载了,还没见过面?"

"在网上见过。"彤梅矢口否认。

"怎么不仔仔细细地看看人家?"

彤梅低下头,眼眶里盈满了澄净的眼泪。

"你连替我追回玉雕的险都敢冒,还怕和网恋男友见面吗?"

"我只是怕,怕幻梦一样美的恋爱,经不住现实。"

"你愿意永远活在幻梦里吗?"袁玥质问她。

"我愿意。"彤梅倔强地回答。

"算了,袁玥,每个人都可以选择自己的活法。有人愿意永远在幻梦里沉醉,就由她醉去吧!"新洋和稀泥地说道。

新洋和袁玥都以为彤梅会继续和男友"网恋",彤梅却约了相恋两年的"男友"见面。新洋之所以知道,是因为彤梅掀开了那床帘,再也没放下去。

"你怎么了,彤梅,"新洋忍不住好奇,"怎么好几天不和男友聊天,你们不是每晚都聊吗?"

"分手了。"

"分手了?"新洋诧异地问,"那么帅的男孩子每晚蹲坐电脑前和你聊到入睡,干吗分手?"

"我见过他了。"

"现实中的他,丑不堪言!"

"不,很白净,很有礼貌,面容端正,四肢健全。他还做了婚检报告给我,人也健康。他准备当面向我求婚。"

"那你们怎么分手了?"

"我提出的分手。"

"你、你……"新洋都不知道该说什么。

"我傻,是不是?"

新洋沉默不语。

"我能不爱这样夜夜陪伴我的男子吗?但是我能爱他吗?我耗得起一场如幻如梦的网恋,可他耗得起吗?我早该和他见面,断了他这一腔痴念!"

"可如果人家爱你善良的灵魂,不介意……"

"不介意我是个跛子,是不是?"彤梅停顿了片刻。

"我介意!"彤梅的泪喷涌而出,"我介意给不了他的一切。他应该幸福,应该拥有生命中的种种美好,他……"

"我爱他,爱得超过爱我自己,你懂吗,懂吗?"彤梅说完,扑倒在被褥上,号啕大哭。

新洋满怀愧疚,觉得自己就是触动彤梅伤感的罪魁祸首。"爱他,给不了他幸福就放开手让他自由地追逐幸福,这也是爱吗?不把自己的不幸转化为他的不幸,不把自己的沉迷捆绑他的自由,这就是爱吗?"

新洋不禁想起自己的退缩来,为什么我没有勇气握紧唾手可得的幸福?为什么没有勇气接受迎面而来的爱的垂怜与青睐?为什么?为了爱,为了所爱的人不因这份爱而受苦、受累、受委屈,为了所爱的人在爱情里享尽甜蜜。为什么放开你?只因为爱你呀,你知道吗?在人潮涌动中,我遇见了你,这是我上辈子修来的福气,但我不想自己成为你此生的晦气,用自己残缺的人生去污浊你洁白的世界。

第二天中午,袁玥拉着正在收拾行李的新洋往外走。

"你干吗?拉我上哪去?"

"去蛋挞店,我给你送行。"

"那好吧。"新洋顺从地向前走。

"坐那儿吧。"袁玥把新洋扯到靠窗的位置坐下。

新洋端着热气腾腾的蛋挞,看袁玥紧张兮兮地朝马路对面张望。她顺着袁玥张望的方向看去,那里是创新工场,袁玥和戴维德相识的地方,也是戴维德公司所在地,那里接纳科技创新者。

"你究竟拉我来这里做什么?"新洋没好气地问道。

"戴维德,我想等戴维德出来问个明白。"

"你们又怎么了?"

"我明确告诉他我不会给他的软件投资,他……"

"又怎么了?"

"他提出了分手,还很粗鲁地辱骂我。"袁玥气得双手直发抖。

"分了就分了,那种男人,分了是解脱。"

"可,可是……"袁玥十个手指绞在一起,"那不是太便宜他了!"

"男人嘛,生来就是得女人便宜的。你能把他怎样?"

"我要上他单位找他问个清楚。相处这么久,不能让他不付出点代价,拍拍屁股说分手就分手。"

新洋真想拍屁股走人,可她看着袁玥那副受人欺负的委屈样儿,为好友两肋插刀的豪气又油然而生。

"他没出来吃午餐,我们直接冲到他公司去。"袁玥雄赳赳地说。

"几盒蛋挞又来收买我去人家公司闹。"新洋无可奈何地叹了口气,"真不知道怎么就摊上这拨人。"

袁玥站在电梯里,强掩着自己的紧张。电梯门一打开,里面工作的人有的在编制程序,有的在洽谈业务,有的在调试软件。那份对工作的崇敬和专注顿时让有心来找碴儿的两个人的气焰降到最低。

袁玥扯了扯向前走着的新洋的手,示意她回去。

"都来了,还打什么退堂鼓!"新洋嗔怒道。

她们走到戴维德所在的软件公司,那里已经换了一家公司。一打听,戴维德那家公司一周前已搬走。

"他那公司是在香港注册的,开发的软件根本吸收不到风险投资,所以就搬走了。"新入驻公司的一个员工半带嘲讽地说。

"他怎么可以这样,怎么可以这样?"袁玥像个临近崩溃的疯老婆子,"怎么可以,怎么可以!"

"你看明白就好了,分手是对你的解脱。"

"他昨天还说下载量周排行第一,说很快就会有风险投资,公司业务会扩大。"

"他在自欺欺人!"新洋真想撕破他的伪装,痛痛快快地说,"他就是在骗你!他就是个骗子、浑蛋。"可她怕越说他"浑蛋"就好像越说明袁玥"傻瓜"。恋爱中的女人,哪一个不傻?说她傻,自己难道就不傻吗?自己都傻,又凭什么来说别人傻?

"骗子,浑蛋,"袁玥骂出声来,"我就是个傻瓜!"

穿梭的车流如银河繁星,闪烁着夺目的光,两旁楼宇里忽明忽灭的灯和路灯发出参差而错落的光,闪得新洋眼神迷离,如坠仙境。她恍恍惚惚,仿佛身处桥上而心已抽离,游走在那灯、那车、那街、那路之上。

天地苍茫,人如微尘。这样渺小而卑微的生命却依然前行,坚忍、倔强、永不放弃地前行,怀着对彼岸的美好向往毅然前行。

第十章　新洋回家乡

新洋走进校园，内心呼喊着："新的一周即将开始，加油，新洋！"身边路过的学生三三两两地窃窃私语，对她指指点点，她心里升起的炙热的火瞬间被一盆冷水浇湿。她甚至摸摸自己的脸，只想对着镜子照照自己的衣服，是脸上被涂成大花猫，还是穿着太惹眼？

新洋的眼皮没来由地跳，心脏在胸腔突突地蹦动，这心神不宁的，怕会出什么事。新洋像只木偶，眼皮像被根线拉扯着，不由自主地抽搐。"教官团团长"走来的时候，她只想化为一只地鼠，钻地而遁。

"你十点半来趟我办公室！""教官团团长"的声调缓缓传来，不愠不火。

这不愠不火的声调在新洋耳朵里听来，宛然疾风骤雨。

"会有什么事？"李灵珣凑近问道。

"不清楚，可能是实习期结束，给我实习评价吧。"新洋没敢说出口，"我看没什么好事！"

新洋从随身提包里拿出一摞钱，递给李灵珣。

"你这是什么意思？"李灵珣愣住了，没有伸出手。

"还你钱，舞蹈大赛经费，你垫付的。"

"说了，不用还，你的班级参赛获得的荣誉也是我这个班级教官的荣誉！"

"可是，你早过了实习期，是正式员工，这并不是你的转正考核！"新洋硬把钱塞进李灵珣手中，便急步离开。

新洋隐隐觉得"教官团团长"的学习评价决定了她的去留。而她的去留，也并没有"此处不留爷，自有留爷处"的洒脱，她想留下来。

人总是会对一个地方日久生情的，不管发生过多少不愉快，自从进了一处地方的门，便想待下去。离开，是人对这处地方的否定，同时，也是这处地方对这个人的否定。一种相互否定的结局，让谁能畅快呢！只是老死一方是一种安稳的幸福，也是一种裹足不前的懦弱。

"谁不是过客?"

新洋揣着进退自如、得失两便的心态敲开了"教官团团长"的办公室。他礼遇下士般地站起来,示意新洋坐下。

"你先说。""教官团团长"缓缓说道。

"这三个月来,觉得学习了许多知识。社会是一本大书,这本书,我才刚开始读。"

"教官团团长"见新洋停了下来,便委婉暗示道:"在工作能力方面,大家有目共睹;但在工作作风方面……"

新洋听到"作风"两个字,像被一万支箭击中心扉,说不清、道不明的两个字真是一包黄连粉。

"我的作风……"新洋嘀咕着,"如果是我的工作出现问题,我可以接受指责,但我自认为我的作风无可指责。"

"那些都是空穴来风的流言蜚语吗?"

"您指的是哪些?"

"我指的是众所周知的那事,我从一开始就极不希望发生的那事!"

"您是说我和李灵珦教官?"

"教官团团长"一言不发,新洋猛地意识到自己的处境——不打自招。她很想辩解,但却什么话也说不出口。

铁一般凝重的沉默横亘在偌大的办公室。

我必须辩解,否则不仅关乎自己,还会连累李灵珦。尤其是他,对外部世界充满困惑,如果离开这里,他会适应吗? 新洋思忖着,开口道:"我可以承认,一直以来,我对李灵珦教官心怀好感。但是,我始终是理智而且克制的。在感情上,我给不了他任何东西,除了伤害,而我也在被伤害着,我背负着对他进行引诱的恶名。可是,我和他之间是清清白白的! 世间不是只有男女关系这一种关系。"

杨松从未关闭的门外推门而入,行了个标准的立正礼。新洋发现这一群回到普通人中间的教官,从团长到士兵都有一种植入骨髓的对过去的爱和执着,仿佛一段过往耗尽了他们一生的渴望,又或者他们一生的渴望都凝聚在那一段过往。

"报告!"他声音洪亮。

"讲!"

杨松深吸了一口气，缓缓说道："校长，我请求辞职！"

这简短的一句话像三伏天里的冰雹让人莫名其妙。

杨松看着愣住的两个人，解释道："我犯了生活作风上的错误！"又补充说，"李灵珣教官和江老师之间的交往只限于普通朋友。而我，实际上，与瑞琴已经交往了五年，她正是为了和我在一起而进了这所学校。"

"你知不知道你刚才所说的话会导致的后果？""教官团团长"严肃地说。

"我清楚。"杨松低下头，沮丧地说道，"但我不想看到瑞琴为了留在我身边不择手段。"

"江老师，你先回去等我的通知。"

"杨教官，你清楚知道自己在说什么吗？"

"我很清楚。"杨松一字一句地说，"瑞琴，她是我的女朋友。我们是高中同学，我没考上大学，去当兵。她上大学，硬生生等我四年。我转来新大洋当教官，她辞退在家乡的工作，考了北京的研究生。现在，她放弃出国留学的机会，来了这里。"

"那你怎么从来没提起？"

"我不敢提！我甚至故意冒犯江老师，让她看到，让她死心。"

杨松笔挺挺地站着。"我请求辞职！"他哽咽地补充道，"我不能让这个女人再等下去。我杨松算什么汉子，只会让自己的女人伤心。"

"这种情况，之前没有碰到过。请你先耐心等待，我和董事会商讨下。""教官团团长"委婉地说。

"我和瑞琴离开后，请留下江老师。"

"我会考虑的。"

"江老师工作认真负责，她班级的舞蹈大赛经费失窃事件是瑞琴教唆一位学生去做的。"

"你有何凭据？"

"她和我吵架时，失口说了出来。"杨松很痛苦地皱紧了眉头，"她为了挤走江老师，要在新大洋陪着我。"

"那是不可能的。""教官团团长"斩钉截铁地打断他试探性的话，"校规里说得明明白白、清清楚楚——校内不准任何人恋爱。"

"我知道。"杨松干净利落地回答。

"你出去吧。"

"是。"

"教官团团长"坐在宽阔的办公桌后,凝神远望。他一路带来的兵,他一手制定的校规,完美的教官,完美的校规! 他若想留下教官,就得破坏校规;他若维护校规,就必须失去教官。他总是苛求完美。在情感和规章面前,他犹豫了,他以前很少犹豫。他也越来越不明白这些青年究竟是怎么想的。犯得着这么穷追不舍吗? 他渐渐生出对瑞琴的埋怨。他爱那群莽撞的青年,如今,却一个一个散了。他不清楚那种感觉——全世界,只此一个,非君莫属。他只怪那些带走他的教官的女人。他想起了他的妻子,探亲假的时候相亲认识的,模样挺端正,为人处事不愠不火,他就同意了。后来,她为他生了孩子,他回老家看过几回。孩子长大了,成了家。他带着一群人来到新大洋……她呢? 他每月寄全部收入给她,盖了幢全乡镇最豪华的楼房给她,买全套黄金首饰给她……他让人人羡慕她得遇贤夫。他总隐隐觉得她缺少什么,他总愧疚地努力工作以满足她的物质需求。他不理解小伙子怎么不能像他那样,他理解不了。

校园的树荫透出的灯光拉长了新洋和李灵珣一高一低的身影。

"谈了些什么?"李灵珣着急地问。

"未来的去向。"

"你对于未来有什么想法?"

"几亩地,相爱的一个男人,膝下两个子女,天天调儿教女,日出而作,日落而息。"

李灵珣哈哈笑了起来:"那不是农村妇女嘛!"

"农村妇女又怎么了?"

"你耐得住枯燥乏味的家庭生活? 年复一年,日复一日!"

"你,你什么意思?"新洋恼怒地问,"你质疑我成为一个贤妻良母的能力?"

"非常质疑!"

"对了,你对未来有什么打算?"

"我想建立一个以我为轴心的金钱帝国!"

"去,去,去,说大话! 直接说,不就是'我想成为有钱人'嘛!"

"对!"李灵珣响亮地答道。

新洋看着他那偌大一个混沌未开的脑壳:"我喜欢你。"

"嗯。"

"缺心眼,没心机,有什么说什么,直来直去。"

"你喜欢我? 没喝醉吧?"李灵珣眨巴着眼,"那咱直奔主题,喜不喜欢?"

"直奔什么主题?"

李灵珣笑了笑:"一个男人和一个女人的主题!"

"你坏,坏蛋,坏透了。"新洋嘟着嘴骂道。

"瞧你,总是装作一副很开放、很主动、很随便的样子,关键时刻总在掉链子。"

"我什么时候掉链子啦?"

"我不说你也明白,说出来就没什么意思。"

新洋看着李灵珣的双眼,在幽暗的灯光下依然看得到那一团炙热的火焰,仿佛暗夜里久未进食的饿狼。她很想成为他的食物,让他彻彻底底吃饱,可是,她不能,不能。

为什么不能? 新洋质问自己,却找不到答案。或者是因为害怕,害怕辜负他的深情,或者是自卑,已松弛下坠的肚皮和不再光滑的肌肤令她自卑……

漂浮在庞大的酒缸内的一个嗜酒的人,渴了饮酒,越饮越醉,醉后越饮,越饮越醉。沉醉在午后的酣睡中的一个嗜睡的人,累了欲睡,越睡越昏。

但愿不复醒。

这股纠缠,这片沉醉,这丝丝缕缕,百转千回,这欲语还休,这迷乱,这缠绵。爱一场,死都无悔。

那个人,一次次在睡梦中游走,模模糊糊,想抓却又抓不住,想忘却又忘不了,想爱却又不敢爱,想离开却又离开不了。

他站着,玉树临风。她像根藤缠住他笔直的腰杆,全身的骨头都软酥酥的,一吹气,便化了般。她解开他那没有肩徽的浓绿色制服的扣子,颤抖着探过去。她摸到了,摸到了他结实的胸膛,宽厚的后背。她不想松开,不想放手,更不想醒来。在梦里,她是自由的,不受约束和制约的! 谁都阻止不了她的美梦!

但愿一梦不复醒。

她想他，很想很想，她的心像要从胸膛里飞出去，飞到他那里。她拼命地摁住，捂住，才能让它不飞走。她想他，恨不得身长双翼，飞去他身边，亲吻他，抚摸他，与他缠绵，无休无止。她想他，想得心都快碎了。她很想听他说话，"滚你妈的牛犊子"之类，她爱听。

"对了，我不是在做梦吗？梦里不是什么事都可以做吗？"新洋迷迷糊糊，似醒非醒的，"可是怎么到了梦里，还是什么都没有做！"

新洋沮丧地睁开眼，对着苍白的墙壁发愣。她拼命想睡着，想续上那个梦，那个她解开他衣扣的梦。"什么都没有做，到了梦里也这样！"

他是她的梦。

"江老师。"李灵珣脸上的笑像夏日的向日葵。

"嗯。"新洋不敢直视他的眼神，低着头缓缓地说。

"杨松和瑞琴居然是一对儿。"李灵珣八卦道。

"难怪……"

"校长应该会留下你的。"李灵珣的脸上浮现一丝难以掩藏的喜悦。

"这所学校真的不允许恋爱之类的事情吗？"新洋仰起头看着一米八个头的李灵珣。

"是啊！"

"你不觉得不近人情吗？有没有想过离开？"

"没呀！恋爱这种事情会影响工作。"李灵珣冷静地说，完全超乎他脸上所显露的稚气，"离开这里？我小学毕业，没文化，斗大的字不认得几个。在北京这大城市工作，在俺老家那可是天大的能耐。除了这里，我出去能做什么活呢？快递员、搬运工还是保安？"

"现在的一切是你最害怕失去的吗？"

李灵珣挠了挠他那榆木似的脑勺："不是害怕失去，是珍惜现有的一切，我妈妈常教导我，知福惜福，才能守福。"

"我快要回去了。"

"回去？"李灵珣惊讶地说，"回哪去？"

"从哪儿来,回哪儿去!"

"还回来吗?"

"估计不会。"新洋顿了顿,"我适应不了这所学校对男女恋爱的禁止,我怕……"新洋默不作声,她不能说出想说的话:我怕会连累你,我怕自己会爱上你,我怕我的爱带来的占有和贪婪是对你的毁灭。我怕我仅剩的青春在指尖溜走。

"大爱无欲",我希望看着你走得四平八稳,循着人生的轨迹,好好地、健康地、幸福地走下去。我怕爱会让我变得自私,不想你为别人所有,不想你和别人在一起很幸福。虽然你我的人生有片刻的交织,但终有一天,你会离我而去,去过自己的人生。时空注定如此。离开时,我该怎样面对? 我不敢,不敢让你的人生与我的人生产生任何交错。在那一瞬间,你眼里焦灼的烈火,烘干了我冰冷的心,这一瞬间,便是永恒。

"那我,我们算什么?"

"朋友,一直都是,不是吗?"

新洋看着一步步走向检票口的人群,向前挪动,像推推搡搡的蚂蚁。她揉了揉屡次回头而扭酸了的脖子,她想回转头去,却害怕满怀希望的心再次落空,怀着简单而又隐秘的憧憬在犹豫着,一阵急促的脚步声传来。

袁玥气喘吁吁地说:"新洋,你一声不吭就走,怎么回事?"

新洋迎着走到跟前的五个人,袁玥、金霞、彤梅,连李楠也来了,还有时不时搀扶着她的杨灿。

"你们怎么都来了?"

"你走怎么也不说一声?"金霞满脸不高兴地说。

"还是袁玥知道你退了北漂公寓的床铺,才去帮你订票的老板娘那得知你坐这趟车。"彤梅补充道。

"拿着。"李楠递上一大袋零食和水果。

"你,你们干吗?"新洋摸了下发涩的眼睛,"最怕你们送我,北京给我留下太多伤痕,让我恨这城市,好不好?"

"恨是因为爱! 你在这里留下的伤痕越多,越说明你在乎在这座城市的点点滴滴。"袁玥张开双手拥抱新洋,"记得要回来!"

每一个漂泊在北京的人都把北京当成他们的家,他们挥洒青春和汗水的地方,他们试图起飞的地方,他们折断羽翼的地方,他们含泪前行的地方。

"谢谢你们来为我送行,能结识你们是我此行最大的收获!"检票口的门闸即将关上,新洋越过他们的肩头望去,一无所获,拎起行李箱走向通行闸。

刚过检票通行闸,一个身影由后快速靠近,倏地,新洋沉甸甸的行李箱变得轻飘飘的。新洋瞥见一双强壮的手,顺着那双手向上看,是李灵珣!

"李灵珣!"新洋惊呼一声,眼泪滂沱而下,扑进他的怀里。

"你,你,咱们好像没这么,这么,生死离别的感情吧?"李灵珣抚着她颤抖的双肩说。

"你坏,坏!"新洋轻捶他的胸肌,"我都要离开这儿了,难道不能任我放肆吗?"

"那我能不能更放肆一点!"李灵珣说完,猛地俯下头,像鹰捕捉猎物般试图含住她的唇。

"你,你,过分。"新洋推开他,"你……"

"你都要离开了,难道就不能任我放肆吗?"

新洋低下头,喃喃地说:"咱这样,不好!"

尖锐的汽笛声像一把利剑划破惨淡的天空。

"我该走了!"

"嗯。杨松和瑞琴一起离开了新大洋,回了老家,他们让我代为感谢你并祝福你!"

"感谢我什么?"

"我也不知道呢!"李灵珣笑了笑。

"我走了!"新洋拎起箱子,爬上车厢。

"难道你不喜欢我?"

"我们呢?"李灵珣问。

"我终归要走的,我不是不喜欢你,我只是不想你受委屈,也不想耽误你。"

新洋把脸贴在车窗上,朝站台上的李灵珣望去,他像一棵松树。松树的树梢直指天际,树根深入大地。她看着他,面目模糊成一团雾,铺天盖地的雾,她嗅到了他的体味,浓烈而沁人心脾。在那浓雾中,又仿佛瞅到他的眉、眼、鼻、唇和脸廓。一霎时,浓雾散尽。他又像一棵松顶立于天地之间。

她想伸出手去摸摸他的眼,摸摸他胸腔里跳动的那颗心,想问他,她在他生命里白驹过隙的短暂停留会留下怎样的印迹。

她甚至想冲出车门,再紧紧地抱住他,紧紧地抱住他,像抱住生命中最珍贵的希望和寄托。她像要溺入生命的长河里,又像要飞腾在虚无的星空中。只有他,是她的灯塔,她的航标。

她甚至很后悔,到离别时才会真切地感受到。后悔什么? 她连自己都不清楚。但是就是后悔,悔得肠子都青了,悔得肝肠寸断。后悔什么? 什么都没有发生吗? 那发生的这一切呢? 后悔什么? 有什么后悔的? 只要曾经发生的这一切真真正正发生过,那比起苍白而空洞的过去已经是莫大的幸福。那什么也不曾发生的遗憾不也是最美的遗憾吗?

火车慢慢驶离站台,李灵珣举起手向新洋挥了挥。

"珍重!"

"珍重!"

她在心里默默祈祷,李灵珣,一定要好好的! 他从来不曾是她的,不过是浮萍在风的吹拂下掀起水的涟漪一般的偶聚,现在又由着风的吹拂,水的涟漪荡漾开。他的未来和她的未来已经各不相干了吧,或者,原本又何曾相干过?

她怀着幻想,盼着有一天能再相见。那时的他还是好好的,活在这一片天地间。

浮萍般相聚的李灵珣已经化为她记忆里的一部分,延续至生命的终点。

这站台,她和他,聚而分离,这么熟悉,仿佛前世,前世的前世,也曾如此。那时,他英姿勃发,整装待发,她为他送行,又绊住他,不让他赴战场;那时,他英武挺拔,气宇轩昂,她娇扑郎怀中,他却要离去,去赴君王的征召,去赴那阎罗殿的酒宴,去赴那血腥的狂欢。

这时,他不是挥师百万的将军,而是芸芸众生中的一枚毫不起眼的砾石,她也不是美人,而是百草丛生里的一株瑟瑟缩缩的残花。这时,他和她行将分离,走向渺茫而虚无的余生。

他的身影越来越小,小得仿佛一粒微尘。新洋看着他,渐渐消失在她的生命里。她恍惚了,这个人,他,李灵珣,真的存在过吗?

她拿出手机,迅速地拨通他的电话。

"你还在那里吗?"

"我一直在这里呀!"

"我,我,看不见你了,你回去吧,回去吧!"

她伸长脖子,张望着,窗外的树飞快地向后退去,她什么也看不见了,她说:"回去吧,回去吧!"可她却想喊他,"和我一起回去吧!"仿佛他就来自她的家乡。

除了分离,还能怎样? 她比他年长近十岁,这是无法逾越的。她没有出生在他出生的年代。她多想晚出生十年,他十九岁,她十八岁,正是可以舍身忘我、轰轰烈烈爱一场的最好年华。他正当最好年华,正是可以和一个纯洁无瑕的姑娘轰轰烈烈去爱的年华。她算什么? 渐渐黯淡的夜色映现她已显松弛的脸,浑浊的眼珠,以及沧桑的岁月痕迹。

手机那头传来一声绵长的叹息,她仿佛听到了,又好像那是火车前行中的信号干扰。

是他在叹息吗? 她想着,挂机键的声音传来。她兴冲冲的脸旋即陷入沉寂。她只是想听他的声音,来冲走那恍惚。梦幻与现实,她模糊了它们的界限。她甚至不清楚梦境中的真实与现实中的真实,哪一个更接近生命的真实、灵魂的真实? 在现实中如同牵线木偶一样活着,在梦境里却像活生生的血肉之躯。

她还想听他的声音,却找不到任何理由。她不能说"我只想听听你的喘息",那太矫情,她早已过了痴情少女的岁月。可她什么也不想,就只想听听他的声音,知道他,那个他,好好的,存在过。她没有理由拨响他的手机,现在没有,以后更没有。她不能留恋他,他不是她的李灵珣,他注定是别人的。但愿他是个好男友、好丈夫、好父亲,让别的女人代替我去享受他带给一个女人的幸福! 她默默地祈祷着,怡然而恬静地朝手机屏幕通讯录里"李灵珣"三个字笑了笑。

她抑制不住地想要跳下火车,飞奔回他的身边,任他怎样待她,就是不离开,紧紧地缠住他,缠到天荒地老、海枯石烂! 她要赤着双脚在月光下,在这铺满鹅卵石的铁轨上一路奔跑,跑回他的身边,紧紧地抱住他。矫情,真矫情。她的脸火烧火燎地热,不停地暗骂着自己。他八成会莫名其妙,不知所措,还会蹦出一句"请自重"。他哪里知道她对他的渴望,对别人,并不曾有过。他见她对他这样,也会想:"像她对我这样,对别的男人呢,还不是一样!"他会理解她的狂热只对他吗？不会。他会接受吗？不会。她还从来没有问他喜不喜欢自己。如果她问这个问题，他也会说："不喜欢。"如果她继续追问："从来没有喜欢过吗？"他会很肯定地说："从来没有。"如果她直视他的双眼逼问："你直视我的双眼，说你从来没有喜欢过我！"他就会直视她的双眼，一字一句地说："我从来没有喜欢过你！"

"自作多情！"她不小心骂出声来。四周的乘客都酣然入睡，她暗自庆幸没被人骂。她望着暗夜笼罩下的漆黑的一片，在这漆黑的夜里，她多希望抱着一具温暖的身躯入眠，用彼此的体温温暖对方。"李灵珣啊，李灵珣！"她轻声呼唤他的名字。她知道他听不见她的呼唤，她知道她挚爱的不是一个人，而是一个寄托，一个梦。她并不真正了解他，或许，她也并非真的如她所以为的那般喜欢他。"自作多情！肯定的，自作多情！"

那，那些……他的羞赧、他的真诚、他火辣辣的目光、他沉重的叹息，又算什么呢？她困惑地看着渐渐向后推进的模糊的树影想。

或许快天亮了，她一边暗忖，一边一动不动地望着窗外，再也见不到他了！她生出一股浓重的苦涩味，他淡出了她的生命，从此不再出现。她很难容忍自己就这样，这样轻易放开他。她可以不管不顾地黏着他，管他什么年龄悬殊，管他什么老少有别！

他再也不在，不在她的生命里了！

离开的人明明是她自己，她做出的选择就是放开他，任由他与一个年龄相当的少女恋爱、结婚、生子、终老！

她懊悔不已，当她清醒地意识到他再也不会在她的生命里，她才更深刻地体会到：再也不会有人像他那样，又傻又呆，又愣又笨，又痴又拙；也再也不会有人像他那样对她，既敬且重，既怜且惜，既护且疼。

在她生命里驻留过的他不在了，她要离开他。这浓得使她如痴如醉、如幻如梦的眷恋！这杯爱情的幻药。她怕，怕不由自主地把自己的心交给他；她怕，怕抽身而退时的心如刀绞；她怕，怕绞碎的心再也无法存活下去；她怕，怕这场火的浓焰将她焚烧殆尽。

她想活着，活下去，哪怕毫无知觉地如同行尸走肉。她怕他，怕他薄情寡义，怕他始乱终弃，怕他三心二意，她怕啊，她真的怕。他在她的心中，很美好，很美好,如果他浪荡风流,叫她如何承受得住!她对他简直是痴迷,而痴迷的终究是要破灭的!那破灭时,也便是她的终结。

她要逃离,逃离萦绕三生的梦境;她要逃离,逃离那迸射着熊熊烈火的双眸;她要逃离,逃离那至真至纯的少年之躯。

终有那么一天,她老了,他也老了,他们或许在奈何桥重逢。她会问他这一生过得如何。她只想他过得好好的。他却说:"我好命苦!"她那时会诧异:"你怎么可以过得不好!""我怎么可能过得好!"那时,她会后悔当初的选择,因为当初的放开就是为了他未来的幸福。如果即使她放开他,他依然会过得不好,那么她的克制与放手,意义何在?

她看着一望无际的平原时不时迎面撞上几座小山丘。"南方了,南方!"她呼喊着,离别时的决绝与沮丧已消失殆尽,曾经的累累伤痕化作过眼烟云。她记不住恨,就像她也经不起爱,那些强烈的情感冲撞,她的心灵承受不了。她只想平平淡淡,或者浑浑噩噩地活下去。活与不活,有什么差别?她不想知道。

他在她脑海里渐渐模糊,她不想再想他了,睡吧,睡吧,睡醒了,什么都会忘记。

她伸着懒腰,脸上漾开幸福的微笑,恍惚觉得安心地睡了个觉,还做了个美梦。她瞧了瞧窗外,已经是连绵起伏的丘陵。

可他在哪里呢?已在千里之外,已隔天南地北。

他在真实的生活中,会是怎样?他在未来的生活中,会成怎样?

她不知道。她早已过了憧憬的年纪。

她趴在座位前的小方桌上,整个人像被思念之火融化了一样,简直成了一摊软泥。他对于她像具有了魔力,不可扼制。此刻的她,除了想他,什么也不想做,什么也做不了,只感觉整个人醉了,想一辈子醉去,昏昏沉沉地睡去,在梦里与他悲欢离合。好想进入梦里,一辈子也不醒来。她要占有他,结结实实地占有,不容任何人分享,不容任何人侵犯。这强烈的占有欲太可怕了,比一切可能的情感都可怕。一定要扼制住,紧紧地扼制住,绝不放这只欲望和占有的魔鬼从道德和伦理的铁笼里出来,绝不!幸好,她已离开。爱,不是害,不是将自己的幸福建立在他的痛苦之上,不是耽误他的前程,误了他的青春。他纯洁而美好的生命应该由一个同样纯洁而美好的生命去珍视。

这看不到尽头的铁轨,像章鱼的巨大触须,伸向远处。她静静地坐着,抑制着内心的汹涌澎湃。巨大的孤单感像漫天的乌云,铺天盖地、排山倒海。她多想他来陪伴,沿着漫长的铁轨,一路相随。如果孤身坐火车的人是他,她多么不想他一个人孤孤单单。她多想陪伴在他身旁。她是不想他孤单的,如果可以,他去哪,她能形影相随,该多好啊!她愿意在他身边,静静地待着,什么也不做,就那样待着。现在,孤单的是她,一个人坐着返乡的火车。

感受不到返乡的喜悦,也感受不到回家的坦然,甚至感受不到焦虑和恐慌,她麻木了,麻木得用虚无的幻想来装饰一片荒漠的内心。她对未来也丧失了激情,或许已经没有了未来。至少,没有了幸福的未来。她的生命已成为一片巨大而荒凉的空白,没有色彩,也没有文字。

不知道以后要怎样活着,他的淡出让她维系幻想的平台"轰"地坍塌。一片废墟裸露。她不坚强,唯有不眠的长夜和咽喉里涌出的苦涩最清楚。她斑斓多姿的未来里总有他的身影。他淡出了她的人生,任她怎样不舍,任她怎样痴迷。

缘分?良缘,还是孽缘?都结束了。一念缘起,一念缘灭。

看着形单影只的自己,她顾影自怜。她同情她自己,却不愿别人来同情她。谁不是在人生的艰辛历程中焦熬?谁不是经受着身与心的双重拷问?那种生死相随、不离不弃的感情在岁月的剥蚀下,只成形同陌路、相怨相弃。甚至生死,也是一种无奈,谁的手在主宰?

上下车的间隙,穿梭不停的人流奔忙着。他们都在忙些什么呢?她不知道。她不知道到何处去,为何要去,去干什么。她的生命,活生生的一个女人的生命,充盈着躁动与渴望的生命休止了。他已不在,他已不在了呀!他那闪烁着躁动与渴望之光的双眼消失不见了,他那宽厚而健壮的胸膛不见了,他那矗立如磐石的双腿不见了,他那如虬枝般暴起的青筋不见了……他不见了,不见了呀!

她找不回,找不回他。他不是她的。不是她的,如何能找得回?她那执着的愿望,她那痴狂的念想,驻留在这一场幻梦。余生,只剩儿戏与肉欲。或者,没有了余生。余下的,只是对剩余生命的消遣。

她望着渺茫的未来,那里荒芜得连嫩绿的杂草都看不到。她生不出凄凉感来,仿佛这死寂也感动不了她。她忘记了知觉,有知觉,会心痛,她不想心痛,就锁上了知觉的门。

不管她离开,或者停留,结果会有什么不同? 她依旧只是她,一个渺小而自卑的她,背着沉重的壳,步履沉重地跋涉在毫无绿意的荒原。他依旧走向未知的路,早已超出她的视线,险境或坦途,也已无法同行。她并不知道,或许人生的痛苦就在于这里,不可预知。而这不可预知是否也是人生的快乐所在。她的脑海里像有无数根小刺,在刺痛那渐趋麻木的神经。她看着成双入对的情侣,心里的苦涩又涌进口中。她哀叹着,这股哀叹中又渗出了浓重的苦涩。"他若在身边,那便好了!"她又不禁想起他来。想起他,她便强迫自己去忘记。可是,记忆这种东西,你千方百计去忘掉,却偏偏越记得牢固。而当你屈服于顽固的记忆,任它存在于脑海里,不知不觉中,你便忘了。她并不明白这个道理,徒劳地挣扎着。她并不清楚她的挣扎只会让他在脑海中停留得更坚固。

　　要是他是那么个男人,和她生死白头、相扶相携,该多好啊! 可是却不是。这像浮萍一样无根的情感植入了她心里,仿佛一棵细若微尘的种子,却渐渐在心底发芽,长成参天大树。她身不由己的感受,如同一片巨大而深沉的乌云,笼罩在原本已经狭小的天空。她想锁上思绪,那漂移不定的幽灵,引着她一步步朝自怨自艾的深渊走去。在那深渊里,充斥她双眼的全是黑黝黝的一片,却忘了抬头,抬头尽是明媚。何必要往那深渊走去,而不迎着朝阳? 阳光那么温暖,驱走全身的冰凉;阳光那么灿烂,逐走遍地的灰暗;阳光那么纯净,散尽所有的瑕疵。这渺小而短暂的浮萍漂浮在广袤无边的水面,任凭风的抚摸、水的荡涤带她走。走向哪里? 风,不知道;水,不知道;她,不知道。

　　她想停在一方水面,但她没有根,不能深植于大地。她想有个男人,或许他就是她的寄托,系住她,成为她的根。他若在那,她便有了归处。可她只能惶恐着,他不是那方水面,她走出了他的水面,她不知道为什么,但只知道必须这样做。不管之后的无数个夜,她多少次懊悔这个决定,曾经多少次泪流满面,又多少次渴望他的归来。她明白一切都是海市蜃楼,她却无法从幻境中抽身而出。这些幻境像一杯迷药,短暂的自我麻醉之后是漫无边际的虚无。这种感觉如同醉酒,将醒未醒时内心极度的清醒令人痛彻心扉。

　　她想那一方水面,永远停留。她能停留吗? 停留会让她腐烂、变质吗? 她会永远怀揣对更广阔水面的渴望吗? 存在或不存在,这于她重要吗? 停留或不停留,于她的人生有什么不同?

她张望着,渺小的她张望着广阔的未来。哪里有她的一息尚存?哪里有她的绚丽一刻?哪里有她的水土一方?

她想挣脱,挣脱那诡异而痛苦的虐待,却挣脱不了。只能任那巨大的乌云笼罩着她的星空,就那样,永生永世,无休无止。

她犯下了什么罪过?

她不知道。

她像是被蜘蛛网困住的蝴蝶,缅怀着自由翱翔,却又动弹不得,只能眼睁睁地看着噬人的蜘蛛蹒跚而至,吞噬她充满激情的生命和不可预知的未来。

她的痛苦结束了。如果此生苦痛的结束换来的是来世的幸福,那么再苦也是值得的。然而,生生世世,代代轮回,她终究逃不出那只巨大而无处不在的网,就像浮萍永远逃不出水面。

她只是那样待着,时间分分秒秒流淌,再也唤不回。她的生命也如河流,分分秒秒流淌,每一根爬上她额头的白发,每一道爬上她眼角的皱纹,每一团下垂的脂肪,分分秒秒提醒她。

她想他,想得如痴如醉、走火入魔。想他什么呢?她却不知道。她想把这仅剩的青春倾注到他身上,尽情地在相互缠绵中忘却老之将至、死之将至。难道这就是生命的存在?那所谓的爱恋与痴迷,与执念何异?

她想他,就那样静静地想,没有发生什么,只是静静地想。一遍遍默念着他的名字,记住他所说的每一句话,将他的脸刻画得十分清晰,一寸寸地挤进脑海。

她记住他的脸,那眉、那眼、那鼻、那唇,倏忽,又模糊起来。

她渴望他的爱,渴望得到他的呵护和关心,像一个男人对待他爱的女人。可是,她又怎么可以那么自私呢?把自己满身的伤痕一道道地刻在他的心上!把自己消耗殆尽的疲惫身躯倚靠在他朝气蓬勃的肩膀!

爱上一个人,一霎时,一个眼神,很容易;放下一个人,哪怕他伤你、害你、苦你、虐你,却很难。有时,究竟是自己爱上了自己的幻象,还是自己放不下自己的付出?

人,最怕输。女人,最怕输在爱恨之上。在爱恨之上输了的女人就像输红了眼的赌徒,越想翻本,就输得越多,输到最后,输掉了一辈子。

这滚滚红尘,爱恨情仇,谁能看得破?即使输掉了一辈子,又如何?

这微若芥末的一辈子,用几生几世牛马之躯换回的五尺薄躯,要怎样过?

这情海,这欲壑,像一曲妖歌,让人沉迷。难道这五尺薄躯就只沉迷其中?

> 我本农家女,
>
> 宛然梦中住。
>
> 此身似萍浮,
>
> 随风任水去。

这浮萍一般的身躯无依无凭地横亘在广袤的天地间。它涌动着热烈的火,奔腾着,奔腾着。